魔豆

神使繪卷

The Story of GOD's Agents

10

神使繪卷 10

The Story of GOD's Agents

目錄

神使繪卷

【人物介紹】

蔚可可

西華大學外文系一年級。
來自淨湖的神使。
是個令人聯想到小動物的可愛少女。
個性天兵甚至無厘頭，常讓兄長與一刻等人頭痛，但開朗的個性容易結交朋友。

宮一刻

繁星大學中文系一年級，暱稱小白。
眼神凶惡、個性火爆，但喜歡可愛的事物。
身為神使，也具有半神身分，
因緣際會成了曲九江的神！

柯維安

繁星大學中文系一年級。
娃娃臉，腦筋靈活，但缺乏體力。
文昌帝君的神使，大型毛筆是他的武器。
自稱全天下的蘿莉都是他的小天使

曲九江

繁星大學中文系一年級。
人與妖的混血，對周遭漠不關心的型男。
雖是半妖，也是宮一刻的神使。
出乎意料喜歡某種飲料！

楊百罌

繁星大學中文系一年級。
身為班代，個性高傲、自尊心強，
同時責任心也重；常被認為不好相處。
現為楊家狩妖士當家家主。

黑令

黑家狩妖士下任家主候選人之一。
身高超過190，靈力極高。
對任何事幾乎不感興趣，也提不起幹勁，
更加不在意自身安危。

珊琳

綠髮、深棕色眼睛的小女娃，
擁有操縱植物的能力。
真實身分是山精，楊家的下一任山神。

胡十炎

神使公會會長，六尾妖狐一枚。
雖然是小男孩模樣，卻已有六百多歲。
擁有天真無邪的面孔，惡魔般的毒舌。
魔法少女夢夢露的狂熱粉絲！

安萬里

繁星大學文學研究同好會社長，
同時也是神使公會的副會長。
文質彬彬，總是笑臉迎人，但其實……
妖怪「守鑰」一族。

范相思

神使公會執行部部長。
看起來約莫高中生年紀的少女。
個性有些狡猾，愛錢無人比。

秋冬語

繁星大學中文系一年級。
系上公認的病美人，面無表情、鮮少說話。
種族不明，隸屬神使公會一員。

蔚商白

西華大學法律系二年級。
蔚可可的哥哥，亦為淨湖神使。
高中時因「無名神事件」與一刻相識。
個性嚴謹，曾任糾察隊大隊長。

楔子

符邵音張開了眼睛。

她花了一點時間，才意識到她是躺在自己的房間裡。

她不確定躺了多久，身體僵直得都有些不像是自己的。她試著撐坐起身子，緊接著發現擱在床邊的那隻乾瘦手臂，傳來某種奇異的感覺，像有什麼連接在她的皮膚上。

符邵音撥開凌亂的髮絲，的確有個東西在，不知道是誰替她吊著點滴。掛在點滴架上的輸液瓶裡還有不到三分之一的液體，也許是營養液，或是葡萄糖液之類的。

符邵音漠然地瞥了一眼，便伸手探向床邊的電話，按下內線撥出。她沒有多使力地拿起話筒，而是直接開啓擴音。

鈴聲響了一下，馬上被人接起。

「來把我手上的破東西拿下。」符邵音不給人出聲的機會，冷淡地交代命令後，就將通訊切斷。

不到數分鐘，門外便傳來兵荒馬亂般的響動，聽起來像是有一堆人急急趕來。

最後敲門進入房間的，是家族中地位僅次於家主的長老，和一名負責照料符邵音起居的年輕女孩。

乍見符邵音清醒無比地坐在床上，中年男子不由得激動不已，眼眶甚至微微泛紅。

「家主！太好了，妳總算醒過來了……妳一連昏睡數日，大家都擔心死了……」

「我睡了幾天？」任人拔出手臂上的針頭，再按壓棉花，繼而綁上一圈止血繃帶，符邵音遣退女孩，簡短問道。

「整整三天，家主。」

「符登陽呢？」

「少主不久前剛好去村裡……」雖說知道他們母子間感情疏離，但中年人每次聽見符邵音用冷冰冰的語調喊著符登陽的全名時，總會生起就像在對待陌生人的錯覺，「不過我們已經立刻通知少主，相信他很快就會趕回。」

「是嗎？」符邵音彷彿一點也不關心，甫清醒還帶著嘶啞的嗓音又問道：「乏月祭準備得如何？」

「是，一切都相當順利。少主非常用心學習，相信明晚的祭典，他一定會是稱職的主祭。還有，楊家、黑家亦派代表前來了。」

「有誰？」

「楊家是現任家主百嚳小姐，還有她的一票家屬，都是些年輕人，也許是新培育的狩妖士。黑家的……是黑令。」中年人眉頭不自覺擰起，顯然也聽聞過其他狩妖士對黑令的評價。

「楊家丫頭的家屬嗎……是怎樣的人？」

「咦？呃，有個灰髮少年，還有白髮的、一對雙胞胎……好像還有個很像國中生的……」

「是不是娃娃臉、大眼睛、頭髮亂翹？」

「啊！對、對，家主妳怎麼……」

「沒事，我大概知道是哪些人了。來者是客，別怠慢人家。」符邵音輕描淡寫地帶過，明顯不打算繼續這話題。

中年人也不敢多問，只是點頭允諾。

「去把芍音找來。」符邵音又說，「還有等符登陽回來，叫他和另外幾個管事的傢伙一起到我房外等著。在這之前，就由你先去宣布，乞月祭的主祭改由芍音負責。」

「什——家、家主！」

「我說的還不夠清楚嗎？你是哪裡聽不懂？」

「但、但是，小小姐年紀小，還無法承擔這項責任……況且少主都已經摸熟了流程……」

就在中年人試著據理力爭之際，微啞的嗓音冷冰冰地落下了。

「羅明棠。」

像條鞭子般抽得人一震。

「你以爲你是在對誰說話？你忘了我是什麼人嗎？」

中年人瞬間噤聲。他明明已四、五十歲，在符家地位也高，然而此刻站在符邵音面前，卻覺得自己就像捱受訓斥的孩童。

坐在床榻上的符家家主因爲剛醒過來，看起來虛弱，在寬鬆衣物的包裹下，身子骨更顯瘦小。然而她的雙眼嚴厲冷峻，光是和她對上視線，就會不由自主地心生退怯。

那是符邵音，位於最高位的符家家主。

中年人再也不敢多言，低頭稱是，急促又快速地離開房間。

符邵音轉過頭，看見自己映在玻璃窗上的影子。

那是張比實際年紀還要蒼老且難掩疲累的臉，唯有一雙眼睛仍是炯炯有神，像是不會熄滅的炬火。

符邵音將額角抵上窗邊，腦海中似乎又浮現出什麼。

有誰在說話。

我答應妳，我答應妳……[redacted]，我一定會……

是了，她答應過某人。她會，她一定會……

她符邵音一定會……

思緒像是逐漸飄遠，符邵音慢慢地再次閉上眼睛。

第一章

相較於今日晴空萬里的大好天氣，伍書響、陸梧桐兩人的心情卻顯得烏雲罩頂。兩名年輕狩妖士苦著臉、垮著肩，連背脊也不若以往般打得挺直。

要知道，在符家若是擺出這副垂頭喪氣的模樣，馬上就會招來長輩的斥罵，要人趕緊端出符合狩妖士的強勢儀態出來。

伍書響和陸梧桐站在前往祠堂的山道入口，一人扛著鋁梯，一人揹著沉甸甸的大背包，看著往前一路蔓延的無數燈籠，心中不禁一陣發堵。

明晚就是乏月祭了，按照往年的慣例，前一日得先點亮山道上的所有燈籠，以向祠堂內的「守護神」表示符家已做好祭典準備。

那些用來照亮夜間山道的蠟燭是特製的，燒得慢、不易積蠟，可撐上足足三天都沒問題。

伍書響兩人雖是初次參與乏月祭，但也沒少聽說過祭典中的相關儀式，只不過他們萬萬沒想到，負責點亮燈籠的工作會落到他們身上。

不，換個角度想，會落到他們身上似乎也是理所當然……畢竟他們在目前留在符家的弟子中，是輩分最低的，這種雜務般的工作自然由他們接手。

眞正令伍書響和陸梧桐想不到的，是執行這件工作的麻煩程度。

他們不能濫用靈力，必須像個普通人，中規中矩地利用梯子爬至高處，將點燃的蠟燭放至燈籠內，再爬下梯子，然後前往下一個燈籠，重複同樣的步驟，直到所有燈籠都被點亮爲止。

光是想像整座山的燈籠數量，兩人忍不住都要感到頭皮一陣發麻。

「到底是誰規定不能用靈力的？明明用了比較省時間啊……」伍書響將憋著的氣大口吐出，如同把心裡的鬱悶跟著一併傾倒出來，「不止省時間還方便做事，起碼可以『咻咻咻』就跳到樹上，現在卻得靠爬梯子……」

「吵死了，扛梯子的人是我耶！馬的，死小伍，你只是負責扛蠟燭就該偷笑了！」陸梧桐看起來更加鬱悶，彷彿巴不得能擺脫手臂上的鋁梯。

「最好是啦！你當這一大包有多輕？不爽來換啊，不過你得負責去點蠟燭！」

「才不要！明明說好猜拳猜輸的人負責……啊啊，所以到底是誰訂出這種爛規矩的？老子眞想找他拚命！」

「喂……不是吧？你難不成眞不知道嗎？」見陸梧桐眞的罵罵咧咧地抱怨，伍書響不禁吃驚地瞪著對方，「我剛那只是隨口說說，不是眞的在問問題……這種事不用想也知道吧，一定是家主規定的啊！」

「……靠。」陸梧桐後知後覺地閉上嘴巴。回想起他們符家不近人情的嚴峻家主，他像吞了酸梅似地把五官皺成一團，隨後又像想起什麼，抱有一絲希望地再度開口，「欸欸，小伍，你猜如果你跟少主說，是不是能讓我們用最快的方式點燈籠？」

「慢著，爲啥是我去？」

「你不是常吹你比較厲害？比較行？You can you up！」

「……你在說什麼奇怪的英文？」

「你聽不出來喔？哈哈，太遜了！就是你行你上！」

「陸梧桐……你考試考那麼爛果然不是沒原因的。」伍書響是用憐憫的眼神望著同伴。他知道小陸笨，可有時還眞是笨到突破天際。

伍書響沒將心中所想說出來，要是在這種地方吵架，只會浪費時間。於是他搶在陸梧桐漲紅臉、準備發作前，迅速伸出手做了阻止的手勢。

「算了，我們都別廢話了！」

被那突然放大的音量嚇到，陸梧桐呆呆地看著對方，眞沒有再插嘴。

「就算少主好說話，萬一被家主知道……家主只是睡的時間比較長，可不是眞的沒辦法起來……你想想看家主知道後的表情……」

伍書響忽然也不敢繼續說下去，他和陸梧桐對望一眼，腦海不約而同浮現一雙冰冷嚴厲的眼睛。他們齊齊打了個哆嗦，回頭看了下從林木中隱約還能窺見一角的符家本館。

就像害怕有什麼洪水猛獸會從那裡衝出，兩人立即腳底抹了油，一溜煙往山裡衝去。

替一盞盞燈籠點上蠟燭是件乏味的差事。

伍書響和陸梧桐一路上不記得點了幾盞，他們差不多快被這串機械化動作弄得麻木了。

當又一盞燈籠亮起，伍書響從梯子上爬下來後，立刻一屁股坐在路邊的石塊上。

「休息……休息一下！」他抹去額上的汗水，大聲嚷嚷道：「我手都瘆了，再繼續下去它會斷的！」

「你也太沒用了吧？小伍，你該不會是腎虧吧？」陸梧桐竊笑。

這落井下石的嘲諷，馬上換來伍書響抓起地上碎石朝對方一把扔去。

「幹幹幹！」陸梧桐登時咒罵著跳開，反射性也想抓個什麼反擊回去，只不過手剛往後一探，又像觸電般收了回來。

見陸梧桐及時收手，伍書響跟著露骨地鬆了一大口氣。他拍拍胸，還眞怕對方拿出背包裡的蠟燭當武器，那可是乏月祭專用的特別用品。

「你要是拿蠟燭丟我，你就死定了！」不過，伍書響嘴上還是不饒人地警告。

陸梧桐也知道事情的嚴重性，「嘖」了聲，沒再回嘴。

「眞無聊……」伍書響仰頭盯著被繁密枝葉切割成大小塊的天空，「不知道傍晚前弄不弄得完？」

「你動作別像烏龜那麼慢，就絕對弄得完。」陸梧桐嘀嘀咕咕地說，「誰曉得會不會像昨天一樣下起大雨？萬一是雷雨不就更糟了？」

「呸呸！少在那烏鴉嘴！每一次的乞月祭和前一天可都是好天氣的！」伍書響瞪了一眼，「而且昨天……」

伍書響突地安靜下來，陸梧桐也跟著默不作聲。

昨天，有兩名外地客誤闖符家禁地，還將不乾淨的存在帶回來。

在下一任家主符芍音要求下，他倆沒有將事情上報給符登陽等人知道。並且在今日一大早，就趕緊偷偷將那對情侶送走。

雖然那些不乾淨的存在已經解決，然而只要一想到那些東西是從禁地、也就是符家祠堂過來的……伍書響和陸梧桐心裡還是不免有些慌。

——他們至今才發現，自己根本就不知道祠堂裡祭拜的到底是什麼。

「我說小伍……」陸梧桐呑呑口水，像怕被人聽見般壓低音量，「你還記得昨天半夜後來發生什麼事嗎？」

「問這幹嘛？」伍書響也反射性壓低聲音，「不就是你夢遊夢到我房裡，結果居然還把我踢下床了！你他媽的眞是皮癢了啊，小陸！」

「把我踢下床的明明是你！否則我醒來時怎麼也在地板……不對，我要問的不是這個！」

「不然是哪個？半夜沒發生什麼事吧？昨天下午，小小姐他們不就將那對白目情侶中的女孩子找回來，也處理掉那些……嗯，不乾淨的東西了。」

「是沒錯……但我怎麼有種自己作了一個別館空間忽然亂七八糟，然後我跟你都掉到那個娃娃臉房間衣櫃的怪夢……」

「這麼說，我好像也作了類似的夢……？」伍書響抓抓頭髮、眉頭緊皺，和陸梧桐一塊陷入苦思。

只是他們兩人都不擅長思考，想了半天依舊無解，唯一印象最深刻的大概就是今早從地板上爬起來時，後腦勺腫了一個大包，也不知道是滾下床時摔的，還是對方踹的？

「啊啊啊，算了！再想下去我的腦袋就要炸了！」最先提出問題的陸梧桐也最快放棄，他一股腦站了起來。

見狀，伍書響也跟著站起。他扭扭脖子、拉拉筋，估算一下前方的路程。

「還有三分之一的路程才到牌樓那……」伍書響嘆氣，「我們動作得快點，小陸，別忘記少主交代過，我們晚點還要去接一位客人。」

「你是說那個少主的遠親還是什麼的吧？記得是少主去世的老婆那邊的親戚……到底是來幹嘛的啊？」

「來借住幾天呢。」

「爲毛要借住？是不知道我們這正在忙嗎？」

「嗯，因爲家裡人都不在，爸媽不放心我自己一個人待著，最後才拜託登陽叔叔……造成困擾眞的很不好意思。」

就算陸梧桐再怎麼遲鈍，也注意到回答問題的不是伍書響，而是一道脆生生的年輕女孩聲音。

陸梧桐瞪大眼，和臉上浮現震驚的伍書響對視幾秒，緊接著霍然轉身。

「嚇！」兩名少年結結實實吃了一驚，瞠目結舌地看著和他們僅隔了幾步的人影。

那是一名看起來比他們還要小一些的女孩子。

個子不高，過肩的長髮髮在胸前簡單綁成兩束，髮梢鬈翹得格外嚴重。大大的眼睛水靈水靈的，鼻尖和兩頰散布著淺淺的小雀斑，加上小花短T和牛仔短褲，屬於年輕女孩的青春魅力在她身上展露無遺。

伍書響兩人第一時間確實掠過了「這女孩眞可愛」的念頭，可他們馬上就把這念頭掐死，迅速擺出質問的姿態。

「妳是什麼人？」

「妳爲什麼會在這裡？」

「呃，我就是你們剛提到的登陽叔叔的親戚啊……」少女沒有被嚇到，反倒摸摸鼻子，露出困窘的笑容，「不好意思，因爲你們方才在忙，所以我沒有出聲打擾。該怎麼說……我是從另一條步道走上來的，接著就聽到聲音……」

伍書響和陸梧桐連忙朝少女所指方向看去，接著鬆了一口氣。

棲離山本來就有多條山道，只要不是從他們前方、也就是祠堂那個方向來就好，他們可沒辦法再承受一次有人闖入禁地的事了。

「等等！」伍書響似乎想到什麼，忙不迭問道：「少主……我是指妳叔叔……總之，應該是我們去接妳的啊！」

「噗！你是想說登陽叔叔有沒有告訴我會有人來接我的事？」少女像是被伍書響不知該怎麼改變的稱呼逗笑了，「你們用『少主』沒關係，我知道叔叔的家族『有點』特別。」

少女特地在「有點」上加重語氣，眨眨眼睛，露齒再笑，「其實我也能感應到一些東西，大概就是所謂的『有靈力』？因此叔叔私下也曾和我說些家裡事，放心，眞的只有一點點。」

少女俏皮地以食指和拇指捏出極微小的一段距離。

「我事先向叔叔說我自己過來就可以了，反正我也喜歡走路。你們應該就是叔叔提過的伍書響和陸梧桐，對吧？」

「是沒錯……喊我小伍，喊他小陸就行了。」伍書響指指自己和陸梧桐，臉上猶帶著一抹尷尬之色，畢竟他們的碎唸估計都被當事人聽見了，「那個，妳……」

「你們可以喊我廊香。」少女直率地說，「剛剛我什麼也沒聽見，真的。我可以看你們點燈籠嗎？要是需要我幫忙的話……」

「不、不用！」兩人異口同聲地急急叫道。

先不論對方客人的身分，點亮祭典用的燈籠本來就是他們的份內事，要是讓外人幫忙，被知道後絕對免不了一頓斥罵和處罰。

但少女落落大方的笑容令人不由得心生好感，於是兩人暗中交換了一眼，最後決定同意讓少女跟著他們一塊行動。

再怎麼說，讓遠來的客人獨自前往本館，實在不太恰當。

「我們會加快速度的，廊香小姐。要是妳累了，就請先休息。」

「還有，得跟好我們，別亂走。」

「要是小陸做了什麼白痴事，無視他，當沒看到就好。」

「靠靠靠！你全家才做白痴事！」

「噗哈，你們兩人真的好有趣……那我也有一個要求。」廊香擦擦笑出淚花的眼角，擺出正經八百的表情，「別加什麼小姐了，我的名字又不是廊香小姐。雖說是遠親，可我的姓正好跟登陽叔叔一樣。」

「我姓符，符廊香。」

少女瞇著眼、咧嘴笑的模樣，瞬間令伍書響兩人莫名想到別館內的娃娃臉男孩。

□

啪啦啪啦的鍵盤打字聲連成一片，快速又富有節奏地在別館大廳內響起，時而又會靜止下來，過了一會兒再度傳來。

有著張娃娃臉，但實際上已是名大學生的柯維安盤腿坐在地板上，一頭鬈翹的頭髮被他隨意用橡皮筋綁住，將瀏海往後綁成像沖天炮的一大束，露出光潔的額頭，也使得他的外表年紀看起來更小了。

柯維安一點也不在乎自己看起來怎樣，筆電螢幕的冷光映在他的臉上，他眼中則是滿滿倒映著網頁上的文字。耳朵還別了一個小巧的藍芽耳機，方便他在空不出雙手的情況下，還能抓緊時間與另一端進行通訊。

原本該有一大票人的符家別館，此刻只剩下柯維安和黑令。

至於黑令是不是有在自己的視野範圍內，柯維安正忙著，壓根不在意那抹超出規格的高大人影又晃到哪裡去了。

反正只要還在別館裡就好，避免出去又無意識招來仇恨值的可能性。

也正是因為其他客人大多外出了，柯維安才會這樣大剌剌地盤腿坐在地板上，彷彿將這裡當成自家客廳使用，身周還散落著幾張圖畫紙，上頭是屬於小孩子的樸拙筆跡。

那是符芍音在回到本館前，畫給柯維安的本館內部平面圖。

至於他是怎麼獲得這項強大的「道具」……柯維安用的手段其實不算光明正大，也有欺騙小孩子的嫌疑——他用最真誠的表情，向符芍音提出一起來畫自己住的屋子的小遊戲。

於是，柯維安就這樣用繁星大學男宿的地圖，換到了符家本館的地圖。

不得不說，柯維安的心裡是有那麼一絲罪惡感的。但總不能要他直白地對符芍音說：我們想入侵你們家，能不能告訴我們屋內的配置？

想起那雙直直凝望自己的鮮紅大眼，柯維安決定之後要送符芍音更多糖果作為補償。

而眼下這名娃娃臉男孩正在做的事，則是上網搜尋失蹤兒童的相關情報。

昨夜有一群幼童亡靈闖入別館攻擊眾人，根據亡靈透露出來的隻字片語，柯維安大致整理出一些線索。

那些亡靈聲稱是「符」殺了它們，它們有部分殘骸碎片落在棲離山裡，並沒有完整受到封印。

換句話說，祠堂內估計還有受到完整封印的其餘數量存在。

而順著這條脈絡推敲下去……恐怕符家祠堂祭祀的，從來就不是什麼守護神，而是——亡靈。

「怪不得小芍音會說符邵音告訴她可拜不可求，向鬼求願望實現，怎麼想都……」柯維安一時沒注意，嘀嘀咕咕地把腦中想法給說了出來，立即換來耳機內的一聲疑問。

「柯維安，你在說什麼願望不願望的？」

那是一刻的聲音。

「咦？沒啦，我自言自語而已。」柯維安馬上回過神，下意識想做出擺手動作，但隨即想起大廳裡只有他一人。

一刻和蘇染、蘇冉前往洛花鎮上的圖書館查資料去了。

由於乏月祭和祠堂都是在二十年前就有的，因此柯維安等人便先做出所有幼童亡靈就是在那時間點遇害的假設。

即使尚不清楚總人數有多少，但光憑他們知道的五人——五名小孩子失蹤或許會在新聞報導上留下什麼蛛絲馬跡。

有鑑於當初還不是網路發達的年代，因此一刻他們才會特地到圖書館，尋找是否留有早期報紙，也許便能發現相關新聞。

「小白，你們那邊還順利嗎？」

「沒啥進展……你們那邊呢？」

「依舊沒收穫，真是太讓人傷心了……還有，別館的戰力目前只有我，黑令一開始就排除了，你也知道。」

「灰幻和楊百罌呢？」

「灰幻和班代去本館了呢，小白。就在你們出門後不久，本館那邊傳來符邵音醒來的消息，聽說要對符家人下達什麼指示，小芍音也被叫回去了，現在那邊大概一片鬧哄哄吧。」

「符邵音……醒過來了？」似乎是顧及自己在圖書館內，一刻的聲音吃驚地拔高一階後，猛然又壓低。

「嗯，所以灰幻和班代才會過去，畢竟他們一個代表公會，一個代表楊家。黑家那個，我們照慣例跳過、不討論……當然，灰幻也有打著要趁機問符邵音真相的主意。」

「你覺得問得出來嗎？」

「唔啊，這還真難說……」柯維安老實回答。

灰幻個性暴躁，會用強硬手段尋求解決方案，然而符家家主同樣也不是任人揉捏的性子。

「小白，要比硬的話，我覺得符邵音大概也不輸灰幻，要不然她也不會讓老大另眼相看了。」

耳機內的另一端暫時沉默，似乎也同意這看法，一時間只能隱約聽到紙張翻動的沙沙聲。

半晌後，一刻又開口，「柯維安，你身體沒事了嗎？確定不用去看個醫生什麼的？」

「小白甜心，你這是在關心我嗎？我好感動！」柯維安眉開眼笑地大叫道：「我就知道你一定是愛……」

「愛你妹！」一刻像是惱羞成怒，惡狠狠地咒罵回去，可是最末還是硬邦邦再擠出一句，「沒事就好……先這樣，我掛了。」

這次耳機裡眞的回復一片寂靜。

柯維安無意識地輕敲幾下別在耳朵上的耳機，他自然明白一刻為什麼會那麼問。

就在昨夜，最後一名亡靈即將消失時，像要拚盡所剩不多的力氣，試圖攻擊符芍音。離得最近的柯維安及時擋下，卻沒想到之後換他陷入昏迷，直至清晨才甦醒。

這也就是爲何柯維安會留在別館，而沒有跟著一同外出調查。

一刻板著臉放話，他拒絕帶可能會再度暈倒的虛弱戰力在身邊。

就算白髮男孩那時看起來有多麼不耐煩、眼神有多麼凶惡，柯維安依然能感受到那份不肯坦露出來的強烈關心。

「這樣算起來，小白也算傲嬌嗎？不不不，他的暴力成分比較重，所以算暴嬌？哎哎，反正都是天使！」柯維安自得其樂，傻氣地笑了起來。

可很快地，柯維安斂起笑容，臉上露出若有所思的凝重神色。

他從昏迷中甦醒後，是用「自己體力不支才會倒下」的理由塘塞過去。他本來就不是體能好的那種人，這理由沒有引起其他同伴的懷疑。

但柯維安知道，體力不好只是部分原因，最主要的還是……亡靈徹底消失前，拊在他耳邊的那聲細弱呢喃。

「我記起你了，我認得你了……維安，爲什麼只有你還活著？」

明明只是微不可察的一句話，在柯維安心底卻有如掀起滔天巨浪。

那男童亡靈認得自己？甚至還叫出自己的名字……

「可是我沒印象，我一點也記不得。」柯維安自言自語，低頭看著短暫進入黑屏的筆電螢幕，在上頭瞧見自己的臉龐。

絲毫不帶笑意的娃娃臉，乍看之下有點陰沉，就連柯維安自己都覺得閃過瞬間陌生感。

受到一股無來由衝動的驅使，柯維安忍不住伸出手。就在指尖即將碰觸螢幕的剎那，一聲短促，簡直像是悲鳴的聲音響起。

「哇幹！不是吧！」柯維安驟然回過神，驚慌失措地差點掀翻了擱在腿上的筆電。

遭到這股衝擊，筆電也在霎時從黑屏轉回原來的網頁畫面。

但在螢幕右下角，赫然浮出一個紅色的警示圖示。

那是所有使用電腦的人都不想遇到的病毒攻擊警告。

「我只是查個資料，有沒有那麼衰的……嗚啊啊，拜託別真的中獎……呼、幸好被隔離了。」確認過沒有大礙、其他檔案也沒有受損後，柯維安頓時如釋重負地鬆一口氣，「要是我的小心肝真的中毒了，我鐵定會哭死。」

「你哭了嗎？」

「說什麼傻話？我心肝又沒事，幹嘛……」柯維安閉上嘴，慢一拍地反應過來，前一秒的確有人在跟自己說話。

既然正前方沒人，那麼……

柯維安反射性仰頭向後，瞪圓的眼睛登時納入一抹高大身影。

在一坐一站的情況下，那身影柯維安看來有如龐然大物。

「黑……黑令!?你什麼時候下來的？你神不知鬼不覺的是想嚇死人嗎！」柯維安一個激靈，連忙抱著筆電跳到另一邊沙發上，說什麼也不要被籠罩在別人的陰影下。

巨人了不起嗎？有必要每次都站在別人後面刷存在感嗎？

「你看起來不像被嚇死了。」黑令慢吞吞地說，「我找不到零食，你那邊還有嗎？」

「……敢情你還真的把我當零食金主了嗎？」柯維安目瞪口呆，不敢相信自己只不過是餵食了幾次，就得被強迫負擔這責任，「開什麼玩笑！要包養我也一定是包養小天使們，巨大倉鼠只會被我退貨！」

「喔。」面對柯維安激動的反應，黑令還是一副提不起幹勁樣子地應了一聲，接著那抹高大身影便自動自發地飄往廚房方向。

柯維安眞的完全搞不懂對方的腦袋迴路是怎麼運轉的。

不過接連被驚擾後，柯維安原本凝重的思緒倒是被徹底打斷。他吐出一口氣，決定先把自己的事放到一邊，現在重要的還是乏月祭和那些小孩亡靈。

它們其中之一體內有疑似情絲的青絲碎片，加上它們記憶就像遭到抹消般，說明了它們曾與情絲有過接觸的可能性──

相當高。

「就不曉得情絲有什麼企圖了，總不會找上那些亡靈也是爲了『唯一』吧？啊啊，越想越頭大！」柯維安胡亂地耙亂頭髮，順道將橡皮筋扯下來。

他甩甩頭，正想往後癱靠在沙發上，沒想到就在這個當下，大門處也傳出聲響，門把被轉開的聲音清晰進入他耳中。

「該不會是小白？」柯維安一時忘了一刻等人數分鐘前還在鎮上的圖書館，不可能在這短短空檔趕回來。他迅速放下筆電、跳下沙發，三步併作兩步直奔玄關，打算給辛苦的麻吉來個慰問的擁抱。

柯維安抓的時間極準，當他張開雙臂，擺出擁抱姿勢時，別館大門也完全打開了。

從外走進的人一見玄關前那抹人影，不由得愣了一下。

柯維安也愣住，他呆呆地看著褐髮女孩先是訝異地睜大眼，隨後那雙漂亮眸子就像有冰流湧動，不單是冷冰冰的，還宛如在看……

柯維安猜想，可能是草履蟲之類的存在。

第二章

「你杵在這裡幹什麼？不會動是想當雕像嗎？還是要吃楊家小鬼的豆腐？還是眞的巴不得我把你封起來，讓你留在這當擺飾？」

楊百罌的後頭，倏然響起了難分男女的不耐聲音。

因玄關位置較高，柯維安一眼就瞧見灰幻臭著一張年少的臉，全身上下似乎都籠在名爲「不爽」的情緒中。彷彿只要稍一撩撥，身邊就會炸出扎人的火花。

柯維安絕對不想冒險嘗試。

灰幻很不爽，那就代表事情沒有如他所願地順利進行。

「啞巴了嗎？是一、二、三，還是三個都是？」灰幻抱起雙手，唇邊連冷笑都沒有。

柯維安馬上篤定灰幻不止是不爽，他們特援部的部長根本就是大大不爽啊！

「都不是！一、二、三都不是！」

柯維安彈跳般往旁退開，兩條手臂也規規矩矩地立即貼在腿側，眼睛張大，一副「我很乖、很無辜」的模樣，就怕灰幻的怒氣和煞氣波及到自己。

「班代、灰幻，你們信我，我只是以爲小白他們回來了，想給我家甜心一個愛的抱抱！

啊，如果小白願意對我做公主抱就更好了！」

「他才不會……」楊百罌脫口想說什麼，卻又把句尾吞了回去。裝作沒看見柯維安好奇的眼神，她板著臉、脫下鞋、踏上玄關，發現大廳裡空無一人，「小白他們還在圖書館？」

「嗯，還在找資料，但目前情況跟我這差不多，都是收穫零。」柯維安攤開手，失望地搖搖頭。

發覺楊百罌的目光像是欲言又止般注視著自己，柯維安的好奇心立刻被撩得高高的。

「班代，妳是不是要問我什麼問題？我一定知無不言！不過小白的三圍就有難度……內褲顏色什麼的，我倒是可以報給妳知道！」

「誰、誰會想知道那種東西！」楊百罌美麗的臉蛋霎時掠過緋紅，雖然轉眼就隱沒了，但平時的高傲不自覺已迸裂出幾條裂縫，「我是有問題想問……不過希望你收起亂七八糟、甚至是低級的心思，柯維安。」

「我明明就是感動公會、感動世界的好青年，不覺得我真的很正直嗎？」

「那世界上就沒有變態了。」

扔下刻薄句子的是灰幻，從鼻間還逸出了不屑的哼聲。

無視還待在玄關的神使與狩妖士，灰髮少年挾帶一身火氣，大步流星地走了進去。

「太……太過分了啦，灰幻！」柯維安摀著好似傳來中箭疼痛感的胸口，耳邊同時聽見楊百罌遲疑的提問。

「……公主抱，會喜歡嗎？」

「哎？當然喜歡！」柯維安想也不想地立刻答道。

女孩子應該都會喜歡被人公主抱的，沒錯吧？那可是能充分體現男方所帶來的安全感呢，班代說不定是想知道一般女孩子的看法。

「原來如此，我明白了。」楊百罌嚴肅地點頭，眸裡閃動毅然的光芒，「我，會努力。」

……等等！柯維安飛速轉過臉，急遽的力道像是要把自己的脖子給扭傷了。他看著楊百罌認眞地盯著自己的手臂，還伸手捏了捏上頭的肌肉，隱約有股不祥的預感。

班代前一分鐘的話，主詞、受詞是誰？看那架勢……她是想對小白公公公主抱嗎!?

柯維安的嘴巴張成O字形，沒料到自己隨意的一句，造成錯誤的事態發展。

「班代眞是女漢子……不對！小白知道後肯定要宰了我！」柯維安驚慌失措地團團轉，偏偏這時也來不及糾正楊百罌的誤會，反倒可能換來冰刃般的眼神。

末了，柯維安心一橫，決定當作自己什麼也不知道。

「灰幻，你們有見到符邵音了嗎？」柯維安也跑回大廳，小心翼翼地問著坐在沙發上的少年。

「看起來像有嗎？」灰幻冷冷地看過來，那雙奇異的眼瞳看起來更加嚇人，彷彿一圈蒼白的火焰熾烈燃燒。

「呃，我現在知道沒有了……」柯維安摸摸鼻子，可是該問的事還是得問，雖然自己可能會因此撞在槍口上，「我能問爲什麼沒有嗎？」

「符家家主單獨見過芍音後，就因體力不支睡下了。」接話的是楊百罌。

不像灰幻把自己扔在沙發上，坐姿隨性到了粗魯的地步；楊百罌的坐姿一板一眼，說話語氣也是淡然的，沒有太多起伏。

「我們來不及和她見面。另外，符家家主宣布，乏月祭的主祭工作交由芍音負責，明晚由她領隊上山，符登陽毋須前往。」

「什……換成小芍音主祭？可她才幾歲！」柯維安大吃一驚，著實沒料到符邵音會做出這項出人意表的指示。

當初就是因爲符芍音太過年幼，符家的一票長老們才會決意將人在外地的符登陽找回來，負責擔任乏月祭主祭。然而現在，符邵音卻又將這決定一舉推翻……

「符家人沒有意見……不，我在說什麼啊？對方是符邵音，他們不可能會有意見的。可是，就算小芍音是下任家主，這擔子不會太重嗎？」

「但她是下任家主了。」楊百罌望著柯維安，細眉微蹙，像是無法理解對方的疑慮從何而來，「什麼樣的身分就承擔什麼樣的責任，我以爲這是理所當然。」

柯維安張大嘴，驀地想起面前的褐髮女孩亦是年紀輕輕就扛下了家主的責任，卻也從未喊過一聲苦。

「班代，妳也辛苦了啊……」柯維安真摯地說，「真想叫另一個倉鼠星人……不是，是下任家主候選人好好跟妳學習。」

「我不曉得你是從何處得出我辛苦的結論，不過這種無意義的讚美大可以省去。」楊百罌挑眉回視，態度上還是有些硬邦邦的，但不難留意到語速比平常快了一拍。

下一秒，楊百罌像要結束話題般，倏然站了起來。

「我去泡茶，如果你們也需要，我可以一起準備你們的份。」

「太好了，那就拜託妳了，班代！灰幻也來一杯，順便讓他消消火！」柯維安馬上舉手，不打算錯過這難得的福利。

校花等級的美少女替自己泡茶，想想就忍不住小激動！

「誰說我有火的？你哪隻不中用的眼睛看到了？」灰幻橫視柯維安一眼，眸光如刃，換來後者的抬頭挺胸。

「兩隻眼睛都看到啦，而且兩隻都中用得很，這可是師父親傳的火眼金睛呢！唔……總覺得好像忘了什麼……啊！廚房裡有——」

柯維安急急站起，他話聲還未落下，廚房方向赫然已響起冰冽警戒的女聲。

「汝等是我兵武，汝等聽從……你……黑令!?」

「——廚房裡有蹲在冰箱前的黑令。」柯維安總算緊接在後把話說完了，「班代，他只是在找東西吃，沒有惡意的！妳當沒看到就好！」

「你是在形容人類，還是在形容野生動物？」灰幻挑高了眉毛。

柯維安口中，「黑令」兩字聽起來就像某種動物的代名詞了。

「我是在形容外星生物。」柯維安義正辭嚴地說，神情正經得很，全然不像在開玩笑。

灰幻壓根不在意柯維安是不是在開玩笑，就算黑令眞是個外星生物，也與他無關。

「剛在本館發生的事，我長話短說。宮一刻他們回來後，你再負責對他們說，我沒興趣再重複一次。」灰幻不喜拐彎抹角那套，他習慣挑明著全說出來。

「符邵音只見了她的兒子、孫女，和其他幾個在符家主事的人。符芍音則單獨進入，不能有他人陪同。她們祖孫說了什麼，唯有她倆知道。晚點要是見到符芍音，或許你可以試著施展你變態的魅力。」

「我抗議！明明就是紳士的魅力！」

灰幻毫不考慮地無視那份抗議，繼續說下去，帶著一股與生俱來的暴躁勁。

「符芍音必須擔任乞月祭主祭，符家弟子從旁協助。而在符邵音同意前，誰都不准擅自打擾她。之前是符登陽的要求，現在是符邵音自己這麼下令，讓人無從判斷她葫蘆裡在賣什麼藥，人類未免也太麻煩複雜了吧？」

見灰幻不悅地抱怨著，柯維安想想，還是把「你喜歡的那個劍靈，麻煩和複雜程度才是遠遠高出一般人哪」給吞了回去。

在不適當的時機提起范相思的名字，有時只會造成反效果。

「那符登陽呢？符登陽有表示什麼嗎？」

「沒有，他看起來不是很在意。況且，符邵音的影響力明顯擺在那。」

換句話說，符家人不會、也不敢對自家家主的命令提出質疑。

柯維安是聰明人，馬上聽出灰幻的言下之意。他若有所思地摸著下巴，試圖從這些片段中找出任何蛛絲馬跡。

下一刻，灰幻卻是話鋒一轉，「柯維安，你記得你的生日快到了嗎？」

柯維安怔然，無意識放下手。他張張嘴，似乎想回答什麼，可冷不防響起的門把轉動聲，將那些話瞬間打散。

柯維安眼中的空茫跟著破碎，眼神迅速明亮起來，身體彈起，「一定是小白他們回來了！我去看一下！」

「用不著，滾回你的筆電旁邊做事！」灰幻不客氣地長臂一伸。

明明就是纖瘦的手臂，卻有著不符合外表的強悍力道，一把就將柯維安拽回沙發上。

灰幻自顧自地往玄關走去，從眼角處，他還瞥見另一抹嬌艷人影按捺不住地自廚房門口探出了頭。

灰幻撇撇唇，也不出聲點破。在玄關前站定之際，別館大門亦從外大幅度往內推開。明亮得稍嫌刺眼的陽光爭先恐後地湧入，同時也清晰勾勒出門外人的身形。

灰幻瞇細了眼，皺眉往後退了一步，讓陰影重新覆上他的眉眼。

門外確實是三個人，確實也是兩男一女，不過卻不是外出的一刻、蘇染、蘇冉歸來。

「咳咳，不好意思……」為首的伍書響顯然沒想到一打開門，門內就站了條人影盯著他們，而且還是神使公會那名灰髮妖怪。

伍書響掩不住緊張地飛快瞄瞄灰幻的眼珠，又回頭看著身後的符廊香，就怕對方的妖怪身分被人識破。

目前符家大多數人都以為灰幻是楊家的狩妖士，妖怪身分要是洩露出去，只怕會引起不必要的騷動和麻煩。

「普通人看不出來的，稍微有點靈力的也不行。」灰幻眼神銳利得很，瞬間看穿伍書響面露緊張的原因，他冷哼一聲，「你是不好意思什麼？話只會說一半嗎？」

「喂，你最好別太過分！好歹還站在我們符家的地盤上，搞清楚誰才是主人啊！」陸梧桐立時被激出火，只是他還記得面前乍看瘦弱的灰髮少年，實際上實力大大勝過他們兩人，於是態度上有些虛，只敢在口頭上逞逞威風。

「抱歉抱歉，別理小陸！」伍書響當下用手肘狠狠往身邊同伴撞去，要他閉嘴，「那個，該怎麼說……有新客人也要住在別館，她是小小姐母親那方的遠親，會在這待上幾天。少主要我們向你們說聲抱歉，也要請你們多多關照她了。」

「不好意思，就麻煩你們了。」站在最後頭的嬌小少女有禮地低頭鞠躬，待她直起身子，那張稚嫩討喜的臉蛋上露出燦爛的笑容，就像夏季的陽光。

「初次見面，你好，我是符廊香。雖然也姓符，不過不是這家族的人，這幾天要請各位多多照顧了！」

灰幻眼瞳微瞇，目光落在洋溢著青春魅力的符廊香身上。他看著那雙彎成月牙狀的大眼睛，和鼻頭、頰上的淡色雀斑，然後轉過頭，對著感到好奇也摸過來的柯維安說：

「柯維安，你確定你沒有失散多年的兄弟姊妹嗎？」

「……啊？」

□

一刻與自家青梅竹馬自鎮上回到符家時，首先注意到的是本館比昨天來得忙碌熱鬧。

只見人進人出，頓時讓人不禁生起本館宛如蜂巢，正被工蜂們嗡嗡簇擁的錯覺。

「明晚是乏月祭，但主祭的人從符登陽換成符芍音。」蘇冉摘下一邊的耳機，從他聽見的聲音中篩選出重要資訊，「符邵音的命令。」

「啊？這未免也太突然了……」一刻已經從柯維安那裡得知符家家主清醒的消息，對此沒有太大的訝異。他的「突然」，是針對乏月祭主祭臨時換人一事。

不過別人家的家務事，一刻也沒有興趣深入了解。他收回目光，偕同蘇染、蘇冉回到他們暫住的符家別館。

然而一刻完全沒有預料到，自己一踏進門，撞入眼內的是一群人默不作聲地坐在客廳裡，只差沒大眼瞪小眼。

一發現到一刻等人歸來，最快有動作的數柯維安。

「小白白白白白！甜心，你總算回來了！人家今天足足被欺騙了兩次感情啊！嚶嚶，求安慰、求個抱抱！」

柯維安展現出自己的爆發力，飛奔上前，雙臂大張。就在他竊喜這次一定可以成功的剎那間，一隻大掌搶先不客氣地抓扣住他的腦袋，迫得他在距離一刻數步遠時，不得不停下腳步。

「說人話，鬼才知道你在說三小？」一刻大力抓著柯維安的腦袋，不讓對方有近身的機會。他才不想充當尤加利樹，被名為「柯維安」的無尾熊死死抱著。

一刻環視大廳一圈，看見楊百罌似乎反射性地站起，對上自己的視線後，又有些急促地坐下，像是若無其事地撫著髮絲末端。

灰幻低頭盯著手中的手機，宛如在思索某種艱深的問題。

至於黑令，一刻實在猜不出那個高個子是在放空，還是張著眼睡著了。

掃過一輪自己的同伴，一刻的視線最後盯在多出來的那人身上。

「……你的姊妹？」一刻皺眉，想也不想地望向柯維安。

「不不不，我沒有兄弟姊妹啊！」柯維安在大掌的箝制下，費力地使勁搖頭，「小白，你要相信我的清白！」

「那種東西你居然還有？」一刻大吃一驚。

這直白的反應，頓時讓柯維安像霜打過的茄子，蔫了……連鬈翹的髮絲也無精打采垂下。

一刻忍不住再次回望那多出來的第五人。

那是個似乎才十五、六歲的女孩子，也許年紀更小一些，從稚氣的臉龐實在不好判斷。擁有屬於這年齡的青春魅力，大眼睛、淡色的雀斑，都讓臉蛋再添青澀。

乍看之下，肖似柯維安。

但再定睛仔細一看，又會發現他們的確是截然不同的兩個人，只是幾個相像的特徵容易讓人一時迷惑了眼。

「你們好，我是符廊香，是芍音母親那邊的親戚。論輩分，應該算芍音的表姊，不過我都喊登陽叔叔就是了，這樣喊顯得叔叔比較年輕嘛。」符廊香站了起來，落落大方地向一刻等人自我介紹，笑咪咪的臉上沒有絲毫怯色，彷彿一點也不受一刻凶惡外表影響。

「宮一刻，旁邊的是蘇染、蘇冉。染色的染和冉冉的冉。」既然對方都主動報上名字，一刻也朝那小女生點點頭，簡單地介紹起自己這方。

隨後一刻放開柯維安，在對方靠近自己之際，壓低了音量，「所以現在是怎麼回事？」

「就是一群人都閒著沒事啊，小白。」柯維安也竊竊私語地和一刻咬著耳朵，「灰幻和班代沒見到符邵音，我這邊也沒找到什麼有用的資料。黑令，黑令就是那個樣。然後那個小女生也沒有要回到自己房間的意思，她看起來就是想找人說說話。」

「那你幹嘛不陪她說說話？那不是小女生嗎？」

「那不是我的菜，而且也超出我的好球帶太多了啦。甜心，對我來說，蘿莉是限定在十二歲以下的！」

「幹，謝謝你的解說。」一刻沒好氣地撥開柯維安，後悔自己幹嘛要多此一問，「都沒事的話，不會各自回房裡去嗎？」

「嗯，好吧……其實是有件事的。」柯維安刮刮臉頰，眼角餘光覷著符廊香，「廊香說想玩個小遊戲……灰幻答應了，所以我們實際上是在等你們回來。」

「啊？啥鬼？」一刻心裡結結實實地一驚，眉頭緊緊蹙了起來，登時為那張本來就不可親的臉孔添上險惡氣息。

一刻和灰幻相處的時間雖然不長，但也明白那名外表青稚的妖怪有著暴躁的脾氣，又缺乏耐性。

這樣性子的妖怪，竟會答應和剛認識的人類小女孩玩遊戲？

「因為人多一起玩比較有趣呀！」符廊香不知什麼時候也湊過來，笑得天真開朗，沒有被一刻的表情嚇退。她仰高頭，興致勃勃地瞅著一刻那頭白髮，「好酷，你和芍音一樣都是白頭髮耶！可是你的瞳孔顏色……看起來就很正常……」

說著說著，符廊香忍不住伸出手，似乎想碰觸一刻的髮絲。

「要玩什麼遊戲？」蘇染忽地開口，清冷的嗓音轉移了符廊香的注意力。

與此同時，蘇冉不著痕跡把一刻往後拉，換由他遞補至前方位置。

在旁望見這一幕的楊百罌放鬆了懸著的一顆心。當符廊香作勢要摸一刻頭髮時，她的背部無意識繃得緊緊的。

就算知道對方只是國中女生，但她就是……

「小白，你家青梅竹馬的防守力真是高啊。」柯維安也將這幕收進眼底，不禁佩服地說。

「他們倆打怪的時候，防守力和戰鬥力都是爆錶沒錯，不過這和現在有什麼關係？」一刻一臉莫名地看著柯維安。

柯維安拍拍一刻的背，長吁短嘆，再拍拍他的背。

早知道他家小白對感情遲鈍不是一天兩天的事，可是每每遇到這類狀況，他總會想說……小白，你的反射弧真的太長了啦！

一刻被柯維安飽含同情和遺憾的眼神看得有些不爽，手指也跟著發癢，下意識想折得卡卡作響。

假使不是符廊香忽地從包包裡掏出一塊不大的木頭板子，一刻或許就要真的動手了。

「哪哪，就玩這個！」符廊香獻寶似地高舉板子，一雙大眼睛閃閃發亮，滿是藏不住的興高采烈。

那是一塊不規則形狀的木板，邊緣彎彎曲曲的，上頭點綴著奇異的符號和花紋。最上方寫著「是」和「不是」，中間則是橫列著數排注音符號。

一刻瞳孔收縮，這東西不管怎麼看……就和他所知道的錢仙、筆仙有著類似的原理！

「還要搭上這個才是整套喔！」符廊香興奮地再從包包取出體積約巴掌大的桃形木板。

「通靈板？」蘇染藍眸更深沉，清麗的臉龐上看不出表情。

「哎哎？原來蘇染姊姊妳知道……我這樣叫妳可以嗎？大家年紀看起來都比我大許多……嘿嘿，突然有好多哥哥姊姊陪我耶，我一直很想這樣！」符廊香笑得更開心，她像小鳥一樣嘰嘰喳喳說個不停，眉眼飛揚，彷彿迫不及待地想展開遊戲。

「這個通靈板是我在網路上買的，是改良版本的通靈板喔。畢竟原來的寫的是英文，可是在我們這裡用，當然還是要用中文才能溝通嘛！要是召到不會說英文的靈，不就糟糕了嗎？」

「蘇染，通靈板是什麼玩意？」一刻繃著臉。曾在高中經歷過筆仙事件的他，對這類東西抱持著絕對的反感。他無法理解眼前的年輕女孩，爲什麼會對這種明知有危險的遊戲樂在其中？

甚至還異想天開地找一群剛認識的人陪她玩？

「通靈板，主要流行在歐美地區，是用來和鬼魂溝通的一種方式，和東方的碟仙、筆仙、錢仙類似。」蘇染輕推眼鏡，平靜敘述。

「對對對，蘇染姊姊眞清楚！這個比較新奇啊，筆仙什麼的已經不流行了。」符廊香大力點著頭，像是未發現到一刻沉下的臉色。

一刻硬生生地憋住「對你妹！妳腦袋有洞嗎？」的斥罵，銳利的眼神刺向灰幻，像在質疑對方也跟著腦子不清楚了嗎？

「我知道通靈板是幹什麼用的。」灰幻無動於衷。他撐扶著臉頰，不耐煩地砸出粗礪的嗓音，「既然能召靈，就來召看看吧。現成的東西不用白不用，說不定可以召到相關的玩意。」

灰幻這席話說得隱晦，不知緣由者只能一頭霧水，猜不透他在打什麼啞謎，例如符廊香。

但一刻和蘇染他們立即明白了。

「灰幻是想看能不能召到和符家有關的靈……」柯維安小小聲對一刻說道。

「班代沒有反對也是這原因，否則她就會先表態拒絕了。昨晚的亡靈雖然消失，不過也不確定是不是還有漏網之魚。要是能趁機撈起來，或許可以得到有力情報。」

一刻偏過臉，想問柯維安是不是要叫符芍音也過來一趟，可話還沒說出口，他就愣住了。

他看見柯維安抓著自己袖角的手臂上，赫然攀繞著金色圖騰。

比起用「花紋」來形容，那更像無數小篆的集合、接連，像一串串密密麻麻的鎖鍊。

可是當一刻再一眨眼，想看得更仔細時，就發現柯維安的皮膚上乾乾淨淨，什麼東西也沒有。

怎麼回事？是自己眼花了嗎？

「小白？」遲遲沒得到回應，柯維安納悶的喊聲隨即響起。

「……沒事。」一刻抹了把臉，當作自己眼花。

或許，是光線造成的錯覺吧。

第三章

通靈板的使用方式相當簡單，玩法就和錢仙、筆仙類似，參與者要將食指按在桃形乩板上，再由其中一人負責唸出召喚鬼魂的句子。

外邊天色已近傍晚，天際似紅似紫，大片餘暉從玻璃窗外灑進，替別館大廳染上了一層詭譎色調。

除了黑令，所有人或坐或蹲地圍在通靈板周圍，目光落在此刻已經按壓著數根手指的乩板上。

眞正參加遊戲的共有四人，分別是符廊香、柯維安、一刻，還有蘇染。

這當中，蘇染的雙眼甚至還矇了條布，不讓自己看清外界情況。

灰幻挑明了說，這類遊戲所召來的「東西」，通常不願意被人見到眞身。若是察覺到蘇染可能看得見它們，恐怕就不肯好好降臨了。

「那就由我負責唸喔。」符廊香自告奮勇地說，「我在網路上有找到咒語，咳咳，開始了……守護靈、守護靈，請降臨。守護靈、守護靈，請降臨。如果降臨的話，請在板子上轉動一圈。」

隨著最後一字落下，符廊香立刻聚精會神地緊盯著桃形乩板。

可是那塊小巧板子毫無反應。

符廊香不死心，又重新唸了一遍方才的咒語。

乩板依舊沒有任何動靜。

灰幻咂下舌，看樣子這方法派不上用場了。

「咦？怎麼會這樣？完全沒動啊！」符廊香的失望最明顯，原本興致盎然的雙眼，頓時沒了光采。她蔫蔫地看著一動也不動的乩板，準備抽離手指。

沒想到就在這一剎那，乩板震晃了下。

這僅僅是個微小的動作，但一刻等人誰也沒漏看。

「動……動了？」符廊香睜大眼睛，語氣中有著驚喜和緊張。她忙不迭地看著另外三人，急急追問道：「不是你們吧？你們沒有故意移動吧？」

柯維安飛快和一刻交換視線，在彼此眼中確認他們都沒有故意在乩板上使勁。

那塊小小的板子，眞的是自己動的。

彷彿要印證眾人的猜想，桃形乩板開始在通靈板上緩緩滑行，沿著看不見的軌道繞出一個圓形，有如宣告著——

它來了，它降臨了。

參與遊戲的四個人都能清楚感受到，有股不屬於自己的力量正牽引著他們。

「喔？眞的有東西來了？」灰幻一扯嘴角，鬆開環胸的手，身子微向前傾。他不容反駁地下達指示，「現在，問問題。」

「欸？問題……那第一個問題要問什麼才好？」似乎還沒從通靈板的遊戲居然成功了的震撼中緩過神來，符廊香一時有些手足無措。她下意識望著出聲的灰髮少年，卻差點把手指抽離了乩板，嚇得她趕緊端坐好身子。

不管是哪類召靈遊戲，半途抽手中斷都是危險的行爲。

「蘇染，妳來問。」一刻相信自己的青梅竹馬會做出最冷靜的判斷。

蘇染點點頭，接著開口：「你和這個家有關係嗎？」

隨著清冷悅耳的女聲敲入空氣，本來正繞著圈的乩板驀地靜止一下。

下瞬間，乩板再次移動。它慢慢滑過注音符號，在其中幾個字符上短暫停留。

ㄕˋ ˙ㄉㄜ

「答案是肯定。」楊百罌眼神凜冽，手指攢著一張符紙，好隨時應付突發事件。

「問它和符家是什麼關係。」灰幻緊接著下達第二個命令。

「你和符家之間是怎樣的關係？」蘇染從善如流地重複道。

乩板又有了動作，它先是在通靈板上轉個圈，然後像是帶有某種規律，逐一滑過幾個特定字符。

眾目睽睽下，乩板最先選定的依舊是「ㄕˋ」，然後是「ㄈㄨˊㄕㄚ」……

然而當乩板碰觸上「ㄚ」時，卻忽然停滯不動，取而代之的是開始震晃。

卡卡卡的，小小的板子宛若要按捺不住般從手指下跳起。

「什……這是怎麼回事？」眼下像是失控的發展，讓年紀最小的符廊香不禁煞白了臉，驚恐地瞪著不停震動的桃形板子。她感覺有股力量像要把他們的手指掀撞開，好徹底脫離掌控。

「我們……我們惹守護靈不高興了嗎？蘇染姊姊，是不是妳的問題惹怒守護靈了！」就在符廊香惶恐大叫出聲的瞬間，乩板停止一切動靜。

不再震顫個不停，也不再有想要擺脫箝制的跡象。

可是一道無比清晰的「啪哩」聲，在大廳內響起。

通靈板和乩板同時碎裂成兩半。

「蘇染！」一刻想也不想地疾聲喝道。

眼睛矇布的長辮子女孩迅速扯下布條，淺藍色眼珠凌厲地搜尋四周。

符廊香被這突來的變故嚇呆了，一時間只能傻坐一邊，不知該如何反應。

柯維安明白蘇染是在觀察屋子裡是否有鬼魂，或是其他異質存在。他也試著聞了聞，但或許是對方藏得太好，就連乩板自主移動時，他也沒嗅到那股不會錯認的獨特味道。

蘇染很快又收回視線，對著一刻搖搖頭，「沒看到什麼。」

「是嗎？」一刻皺緊眉頭，反射性便要收回手指。

但這舉動馬上換來符廊香的抽氣聲。

「不行！不可以玩到一半就抽手！」符廊香心急地想阻止眾人，可礙於自己的手指也必須緊貼乩板，她連忙改用另一隻手，掌心強硬地壓上另外三根手指，「這樣會出事的！」

「事實上，我覺得……」柯維安試著用委婉的語氣安撫方寸大亂的符廊香，「已經出事了。」

「板子都裂成兩半還繼續個蛋？」一刻使勁，不客氣地抽出手。無視符廊香那張蒼白的臉，他直視自己的同伴，眉頭狠狠擰起，「你們看到第二個問題的答案吧？」

「看得很清楚啊，小白……」柯維安乾巴巴地說。

縱使乩板在半途就自己裂開，但昨夜經歷過亡靈攻擊的幾人，下意識便能回想起亡靈在消失前吶喊出的那句話。

——是符殺死了我們！

而剛剛召來的靈，它所指出的答案，明顯也是符「ㄕㄚ」……

柯維安可不認爲那個「ㄕㄚ」字，會是沙子的沙。

符廊香茫然地看著神色各異的一刻等人，無法理解他們爲什麼還能這麼鎮定。

遊戲分明出了差錯，而且通靈板還裂開……

「你們……通靈板裂開了耶……」符廊香設法擠出聲音，大眼睛裡是揮之不去的惶然，「那個靈一定是生氣了，因爲我們問了不對的問題……沒錯，一定是這個原因！」

符廊香聲音霍地拔高，在靜謐的大廳裡顯得尖銳。

「我、我有聽說過，絕對不能問守護靈關於它自身生死的事！是第二個問題害的吧？因爲那時候，它想回答的分明就是『是符殺——』」

砰！

猝然的強烈聲響，猛地蓋過符廊香驚恐的叫喊。

大廳內所有人齊刷刷地轉過頭，就連黑令也不例外。

撞開別館大門闖入的，是兩道氣喘吁吁的身影。

伍書響和陸梧桐甚至連鞋子都忘記脫，直接踩上屋內地板。他們看起來上氣不接下氣，臉色還有些發白。

「搞什麼鬼？有人……」灰幻粗暴的冷嘲熱諷還沒全扔出，就被柯維安眼疾手快地摀起。

如果要說現場有誰最了解灰幻的性子，莫過於和他認識多年的柯維安了。

雖說程度或許還比不上公會的三大巨頭，不過柯維安敢篤定，灰幻打算扔出的質問只怕會是「搞什麼鬼？有人死了嗎？」

這也太觸人霉頭了，好歹還在別人家的地盤上！

「怎麼回事？小伍、小陸，你們怎麼了嗎？」柯維安飛快攬下詢問工作，不忘迅速收回手，免得灰幻不單是戳來眼刀，還會平空生成鋒銳的石頭，向自己招呼過來。

伍書響兩人沒有立即回話，他們喘著氣，目光倉促地掃過眾人。

柯維安、宮一刻、楊百罌、蘇染、蘇冉、灰幻、黑令、符廊香。

符廊香像是終於回過神，她急忙抓過通靈板和乩板，往自己身後一藏，就怕引來這個家族的人的責罵。

伍書響和陸梧桐顯然完全沒注意到少女的小動作。

在發現大廳裡就只有八抹人影後，伍書響率先粗啞著嗓子開口：「全部……都在這了嗎？所有人都在這了嗎？」

「什麼意思？」一刻皺眉，從中嗅到不對勁的氣味。

「出事了？」蘇染問得直接簡潔。

「咦？不，也不是……」伍書響像是被對方的敏銳嚇了一跳，試圖找理由搪塞過去。

但陸梧桐已忍不住急躁地搶過話，「小伍，你搞屁啊！直接說出來又不會死！」

「你才懂屁！人家好歹是客人，哪有叫客人一起找……」

「找什麼？」楊百罌冷冽的語氣就像一柄刀切過，瞬間讓兩人嚇得噤聲。

「找什麼？還是說找誰？回答！」楊百罌瞇細美眸，一身凌厲的氣勢就像鞭子，凶猛地抽上伍書響和陸梧桐。

兩名年輕的狩妖士登時被震懾得腿一抖，原本還想掖著的真相，也像扭開的水龍頭，一口氣全嘩啦地傾倒出來了。

「是小小姐……我們以爲她在這，但是沒有……我們找不到她，到處都找不到她！」

「小小姐不見了！」

符芍音失蹤了！

這個消息對於符家來說，無異是投下了顆震撼彈。

本來符家的人皆以爲那名白髮小女孩只不過是又跟人玩起捉迷藏，躲在本館或別館的某個地方。

因此一開始，符登陽和幾名長老準備找符芍音交代主祭工作卻找不到人時，也沒有多放在心上，只是吩咐幾名弟子四下尋找。

幾個小時過後，天色都已暗下，符芍音卻仍不見蹤影，符登陽等人才終於感到事情不對勁。

按照往例，符芍音不會一聲不吭地消失好幾個小時，無故讓人擔心。

而現在發生這種情況，只說明了一件事——符芍音可能出事了。

聽完伍書響兩人的大致說明，一行人沒有猶豫，二話不說地加入搜尋行列。

通靈板碎裂一事，則暫時被他們放到腦後。

等符登陽見到伍書響、陸梧桐居然把別館的賓客帶來，那張看不出實際年紀的臉孔立刻沉下了。

「小伍、小陸，誰讓你們去打擾客人，給他們添麻煩的？你們未免太不像話！」

「可、可是……少主……」習慣了符登陽和氣待人的模樣，此刻見對方顯然動怒了，伍書響、陸梧桐不禁結結巴巴，連話都說不俐索。

「陽叔，還請讓我們一塊幫忙。」楊百罌不由分說地上前一步，凜然的眼神不退不閃，直直望著符登陽，強硬地展露出楊家家主的堅定立場。

「百罌妳……」符登陽頓時啞然。

就算面前的女孩年紀比符登陽小上不止一輪，然而單論在狩妖士間的地位，卻是高出他許多。

那不是什麼普通的狩妖士小輩，她是和符家齊名的楊家的家主。

符登陽臉上可見猶豫之色閃過，但或許是思及那票年輕人不是狩妖士便是神使，比起一般人更加不用擔心，他吐出一口氣，最後不再繃著臉。

「那麼……就麻煩百罌你們了。不過，不包括廊香妳！給我到本館好好待著，別亂跑，等我們回來！」

「欸？等等！叔叔，我也可以一起……」

「我說不行就不行，免得妳把自己弄丟了，我還得派人找妳。」

「叔叔！」

無視符廊香不滿地皺起小臉，符登陽簡單扼要地告訴一刻等人還有哪些地方須派出更多人手，哪些地方則還無人前往。

爲了節省時間，一刻他們決定拆開隊伍，分頭行動。

天色越來越暗，遠邊殘留的一抹霞光像是隨時會被吞噬。

符芍音獨自在夜間待得越久，就越容易發生危險。無論是否靈力高強，她都才九歲而已。由於沒辦法判定她失蹤前的最後去向，搜索範圍擴及整座寂言村，自然也涵蓋棲離山。

柯維安分配到的搜查區域就是這座鄰近別館的山區。他心裡明白一刻是擔心他體力不支，才乾脆讓他從最近的地方找起，省得還要花費大半時間往返。

也正因爲了解自己的體能，爲免拖累同伴、造成對方綁手綁腳，柯維安露出了慷慨就義的表情，向一刻表示他願意放棄和一刻組隊的機會，獨自英勇入山。

「英勇個屁！」一刻沒好氣地給了枚大白眼，本來想一掌搧上那顆腦袋，但又想到對方昨夜才昏迷過，頓時硬生生收住，「說得整座山只有你一個，其他符家人又不是裝飾用的。夠了，別再廢話，別忘記你負責找的是哪條步道就好。」

「報告組織，我一定不辱使命的！所以組織，你可以給我一個愛的分別抱抱嗎？」

「抱你妹啊！快滾！」

在一刻殺氣騰騰的最末兩字威脅下，柯維安縮縮脖子，一溜煙地跑去執行任務了。

棲離山內眾多山道交錯分布，但唯有一條，是符家人最可能不去深入檢查的。

——通往符家祠堂的乞月祭專用步道。

於是柯維安乾脆將這條步道的搜尋工作攬了下來。

那些年紀不比柯維安大多少的狩妖士一見楊家人自願幫忙——他們還不曉得對方是神使公會的一員——也樂得把差事交給他。

山裡畢竟不比山下，參天樹木一遮擋，夕陽餘暉基本上照不進裡邊；加上樹影錯落，又聽不見蟲鳴鳥啼這類代表蓬勃生機的聲響，莫名地替這座山林增添一抹陰森森的氣氛。

柯維安沿著鋪上整齊石板的步道往前走。

昨日爲了找回那對外地情侶中的女孩，他也曾上過棲離山一趟。雖說沒有走上祭典用步道，但他還記得當初符芍音告訴過他的路線分布。

果然花不了多久時間，柯維安就望見一盞燃動著焰光的小巧燈籠。塗成鮮紅的燈罩外，還包覆著一圈素白骨架。火光搖曳、陰影綽綽下，彷彿是一雙柔軟無骨的手輕輕捧著燈籠不放。

「這要是在夜裡看，估計也會嚇得人心臟停……」柯維安咂下舌，「太有鬼片Fu了，不過比起那些田裡的稻草人，還差了一點……」

「嘿，你！」

突地有道喊聲打斷了柯維安的自言自語。

柯維安反射性轉頭，只見另一條岔路上，有人正朝自己揮手。

柯維安記得那名狩妖士也是負責搜尋棲離山的一員。

「你不知道祭典步道怎麼走嗎？」那人小跑步過來，似乎將柯維安誤當成迷路了。他熱心地比著樹上懸掛的那盞燈籠，「看到這燈籠沒有？這就跟路牌差不多，只要跟著燈籠走，準沒錯。」

「喔，好，謝謝你告訴我。」柯維安咧開大大的笑容，也沒特別解釋自己只是一時出神，「你和其他人剛不是往另一邊走嗎？」

「這裡很多路都是互通的，我等等要去那邊找。」那人伸指比了下前方延伸出去的山路，「要是有什麼發現，就……就通知少主一聲吧。少主不是有給大家電話？記得別在山裡大聲嚷嚷，萬一驚擾到守護神可就不好了，所以我們也都不敢大喊小小姐的名字。」

柯維安點點頭，表示自己了解山裡爲何不止沒有蟲鳴鳥啼，連人聲也不復聞。

「總之，就多麻煩了！」那人就像開了話匣子，喋喋不休地再說道：「小伍、小陸也跟你們提過祠堂禁地的事吧？看到牌樓就不要再前進，小小姐應該也不可能在那裡，她很遵守家主規定的。」

不不不，小芍音可是很會鑽漏洞的，昨天不單自己進去祠堂，還把灰幻給帶進去。用的名義還是灰幻不是任何「人」，是妖怪。

當然，這些話柯維安是不可能誠實說出口的，他只是眨巴著大眼睛，努力扮出無辜又乖巧的模樣，好看看能不能藉此探出更多八卦。

「咳，還有啊……」那人忽然壓低聲音，「明晚就是乇月祭，要是你待會在祭典步道上看到什麼不可思議的現象，就當沒看到。」

「咦？」

「我師弟的表妹的師兄說啊，聽說乇月祭前夕，有時會看到一些怪異的影子啊，還是其他什麼的……」

「哎？等等……」

「大家私下都在傳，會不會是守護神覺得寂寞，忍不住先跑出來了？這樣一想，忽然覺得守護神也挺可愛的，是不是？」

是個毛線啊！你們祠堂有的是亡靈，不是守護神，你們知道嗎？

柯維安瞪圓眼睛，差點憋不住滿滿的吐槽。偏偏對方還將他的表情誤當成同意，大力拍拍他的肩膀。

「就是這樣了，國中生，加油啊！對了，你的後面剛剛好像有影子閃過，其實我主要就是想跟你說這件事，我繼續去另一端找了！」

約莫也是大學生年紀的狩妖士，用著極快語速說完話，不等柯維安給予回應，馬上匆匆奔往另一條山道。

沒一會兒，那條身影就被樹叢掩沒。

柯維安怔怔地站在原地，等到他消化完那段訊息，臉色也青了。

「靠靠靠！」娃娃臉男孩哀號一聲，忍不住想跳腳，「爲毛這種事不先說個清楚啊！這不就擺明了說我後面可能有那個啥的跟著嗎？」

柯維安沒有使用「阿飄」這兩個字，主要是他並沒有聞到奇異的氣味，當然也不排除對方可能隱藏得太好。

「嗚啊啊，所以果然還是有沒被封印在祠堂裡的存在……扣掉玩通靈板被我們召來的那個，究竟還有幾個流落在外……用『流落在外』好像也不對，算了……」

將不自覺越跑越遠的思緒拉回來，柯維安抹了把臉，先是回頭確認一下身後情況。

沒有古怪的影子，也沒有看起來不科學的東西。

他隨即深呼吸，果斷地踏上乇月祭專用山間步道。

天大地大，找到小芍音這事最大！

不過，這不代表柯維安不會把握機會，趁機打電話向一刻尋求安慰。

一邊留意著周遭動靜，等到手機裡傳來熟悉的聲音，柯維安的眼睛瞬時發亮。

「小白甜心！哈妮、親愛的！」

「給你五秒鐘，正確地使用好一個稱呼。」

「嗯，小一刻？」

「柯維安，你他媽的很想死嗎？」

「對不起，我剛只是開玩笑，我絕對不會再用那方式喊的，所以拜託你別掛我電話啊！」

「有屁快放！」

從一刻不耐的語氣中聽出他暫時不會切斷通訊，柯維安趕緊把握時間，將方才聽來的消息據實以告。

一刻在另一端沉吟許久。

柯維安幾乎都能想像出那名白髮男孩緊皺著眉，神情嚴肅的樣子。

好半晌，一刻說話了：「我們這邊的人都拆開去找符芍音了，雖然不曉得其他人現在的位置，不過離那座山估計都有段距離。你一個人，眞不行就大叫吧。」

「哎？大叫？」

「我們不在，但符家的傢伙在。有危險就叫，不准硬擋，聽到沒有？」一刻嚴厲地警告。

即使那聽起來更像凶狠的斥罵，可是柯維安確實感受到包裹在那份強硬下的關切。

他覺得自己似乎又控制不住表情了，如果這時拿面鏡子給他照，他猜自己大概能看見一張笑得傻氣不已的臉。

「總之，你管那什麼不能在山裡吵嚷的破規矩。」一刻又說，「或者，再不行，打手機給黑令。那傢伙不是留在別館嗎？雖然我實在想不通，你居然會叫黑令待著，不用加入搜索也沒關係。」

是了，一刻等人是主動投入幫忙尋找符芍音的行列中，卻獨獨只有黑令沒有採取行動。

除了那名灰髮青年自身渾然沒有表現出對符芍音失蹤一事的關心，另外，柯維安也破天荒地沒將對方拉來當勞動力，反倒主動表態對方乾脆留在別館。

對一刻來說，黑令雖和他們同行，卻也不算他們的成員，對方願不願意行動，都是對方的自由。

但柯維安的態度就比較引人疑竇了。

「柯維安，你平常不是能拉的人力都會盡量拉嗎？當初我和曲九江也是被你這小子這麼拉來的。」

「哎唷，小白，人家那是因爲愛……嗯，曲九江是順便，就像買把菜還附蔥一樣。」仗著當事人之一根本聽不見他們的對話，柯維安大言不慚地說，「我是爲了愛才拉你。」

「放屁，明明是爲了老子的手機照片。」一刻不給面子地狠狠吐槽，「廢話不多說了，你讓黑令留著，估計有你自己的理由。但好歹你也是他的零食金主，有事叫他過來也不爲過，哪能讓他吃我朋友的白食。」

「等一下，小白！我壓根……」就沒有要養那隻巨大倉鼠的意思好嗎？

柯維安的辯駁還卡在喉嚨，就聽到另一端已掛斷電話，徒留一陣陣盲音。

他瞪著自己的手機，好不容易才將大張的嘴閉上，不敢置信地睜大眼，驚恐發現就連最不八卦的一刻都這麼想，那周遭人豈不早就認定黑令是自己負責投餵的？

別開玩笑了，他願意負責的對象就只有蘿莉、蘿莉、正太，啊，還有他的小白！

「是說，小白剛說朋友耶……嘿嘿嘿，難得甜心會主動說出『朋友』這兩字……」柯維安的壞心情來得快、去得也快，他捧著臉，嘿嘿傻笑了幾聲，對黑令冒出的丁點不滿，也隨即被拋到九霄雲外。

柯維安繼續順著垂掛紅燈籠的山道邁出步伐。

隨著時間的流逝，夜幕已然拉下一角，深暗的夜色正從四面八方包圍山區。

但也由於燈籠的存在，柯維安並不須拿出手機作爲手電筒探路。

暗紅的燭火和山林間的闃暗彷彿極端對比，就好像有條看不見的線，切割出光亮與黑暗。

柯維安一路上不敢大意，就算是方才和一刻通話之際，他也是聚精會神地留意著四周，就怕一不小心錯過了符芍音的行蹤線索。

山中似乎變得更爲寂然無聲，就連先前還能聽見的符家弟子動靜，也像被燈籠光芒以外的幽暗吞吃殆盡。

恍惚間，棲離山中就像僅存柯維安一人。

不對，不是只有他一人。

柯維安的步伐瞬間不明顯地一頓，娃娃臉上掠過警戒。

他的後方，有聲音。

而且是朝著他的方向靠近。

柯維安暗吸一口氣，腳步不停，只是裝作要調整背包的肩帶，若無其事地把背後的包包往前挪移。

當柯維安碰觸到筆電，將手擠進筆電間的縫隙之際，他沒有猶豫，猝然加快速度，拔腿往前大步疾奔。

後頭的動靜同時加劇。

柯維安在心中默數時間，就在倒數到「一」的剎那，他的額前金紋瞬閃，繪成肖似第三隻眼的存在。

說時遲、那時快，柯維安眼神一凜，猛地煞住腳步轉身，沒入筆電螢幕底下的指尖更是飛也似地抽出，順勢帶出一束燦金流光。

從大量光點到聚形成巨大毛筆，只不過是轉眼間，可也足夠讓柯維安看清面前「存在」的眞面目。

娃娃臉男孩驟然收縮瞳孔，掩不住滿臉的震驚之色，手中原本要刺出的毛筆也硬生生收住攻勢，使得筆尖剛好停在對方眼前數公分之處。

然而伴隨著揮動而濺散出的金色墨水，終究來不及收住勢頭，不偏不倚地沾落在那深灰的髮絲和波瀾不驚的面孔上。

「我操……」柯維安完全處於極度震驚的情況下，否則他斷然不會使用這兩個字，甚至還將之改造延伸，「我草艸艸艸！黑令⁉」

照理說應該待在別館的灰髮青年，還是無動於衷的神情，彷彿險些被神使武器貫穿一個洞的人不是自己。

任憑金墨沿著髮梢緩緩滴下，黑令望著又驚又愕的柯維安，像是探詢般微歪下頭，低沉溫吞地開口了。

「這時候，要喵還是吱？」

柯維安覺得，還是乾脆糊面前的傢伙一臉墨水算了！

第四章

黑令突然現身，完全在柯維安預料之外。

依照他的認識，對方對任何事都不感興趣，「主動幫忙」這四個字在對方的字典裡不是幾乎不存在的嗎？

——除非是黑令自己答應，才可能幫忙到底。

然而比起質問黑令為何無故出現，還跟了自己一路——那名符家人說的黑影，很高機率應該就是黑令——柯維安想起黑令面對毛筆卻不閃避的舉動，猶帶幾分青稚的娃娃臉，頓時陰冷沉下。

「黑令，你在搞什麼鬼？」柯維安收起毛筆，咬牙切齒地說，「你知不知道你差點就被我戳出一個洞！還是說，你腦袋根本是哪裡早就開洞了是不是？」

「大腦有皮質皺摺，但沒洞。」黑令慢慢地說，「大學生，連這也不知道？」

柯維安向來自認口齒伶俐，卻偏偏總是被黑令的發言堵得說不上話。

馬的，他說得好有道理，我竟然無言以對！

柯維安臉上幾種顏色變換，本來冒出的怒氣又被黑令的回應給哽得卡在心口處，然而他也無法說黑令有錯。

一番自我折騰下來，反倒是柯維安先頹然地垮下肩膀。當他聽見黑令又慢悠悠地補上一句「我比你快，不須閃」後，剩下的幾縷怒氣也像找著了出口散出，取而代之的是一股鬱悶感揮之不去。

「可惡，你果然是倉鼠星來的外星人……對話全沒在同一個頻道上……」柯維安抹了把臉，趁黑令出聲前斷然舉起手，「別吵，那只是比喻！所以你爲什麼會在這裡？你跟著我是什麼意思？我不信你會是無聊來夜遊的。」

「我吃了你的零食。」黑令說，「但你沒像之前，要我還人情。」

「那還用說嗎？人情也要看時間，你不是不喜歡黑暗？這村裡晚上的燈不比大城市多，更何況村民還大多離開了，天空一暗下來，那可眞的是黑燈瞎火，簡直可以玩捉迷藏了。」

柯維安耐著性子解釋，可眉眼還是流露出「這有什麼好問」的意味。

「你記得我說過，不喜歡。」只是平時連話都懶得說的黑令，此刻反常地繼續在這話題上打轉。

「這不是廢話嗎！」柯維安簡直想大叫了，「你自己都說過不喜歡了，誰會強迫朋友做不喜歡的事啊！我只是一個颯爽正直的美少年，又不是虐待狂……當然這跟我叫我家小白看動畫不一樣，我那是傳教……」

柯維安忽地停住自己的喋喋不休，注意到剛剛好像在無意中說出了「朋友」兩字。他皺皺眉，雙手環胸，上下盯視黑令一會兒，接著放開手臂，眉毛也一併鬆開。

柯維安得承認，就算黑令大多時候顧人怨，有時還讓人懷疑是不是外星人，但經歷過水瀾事件後，自己在不知不覺的確將黑令也劃入了「朋友」的範圍裡。

至於黑令怎麼想，柯維安不是很在意。

但接下來的發展，可謂大大出乎柯維安的意料。

黑令沒有沉默，也沒有針對「颯爽正直」表示意見，他只是以一貫提不起勁的語調說：

「是朋友，所以可以幫忙。不喜歡在夜間行動，但可以忍。」

柯維安想都沒想過，有一天居然可以從黑令口中聽見「朋友」這兩字。

想想看，那個黑令耶！

「等等，是我作夢還是你作夢？」柯維安嚴肅地問。

黑令微俯下身，令人想到荒原孤狼的淺灰眼睛直直地盯著柯維安。

然後，黑令冷不防地伸出手，往柯維安臉頰大力一捏。

貨眞價實的疼痛讓柯維安當場哀叫。

「會痛，不是作夢。」黑令說。

「靠靠靠，痛的可是我……」

黑令那一下絲毫沒有放輕力道，柯維安只覺得自己的臉頰大概都被捏腫了。他想齜牙咧嘴地朝黑令做出個凶惡的表情，可是想到對方也把自己歸爲「朋友」，便莫名有種愉悅感。

那感覺可能就像有隻總把屁股對著自己的野貓，終於有一天扭過頭，不單喵了幾聲，還走過來主動蹭了蹭。

雖然說眼前的大個子可不像貓一樣可愛。

發覺到自己的臉快做出奇怪表情，柯維安趕忙揉揉臉頰肌肉。黑令願意幫忙，無疑是如虎添翼。

「我們加快速度，如果到牌樓前都沒找到人，我們就進去找。」柯維安不假思索地說，「管後面是不是禁地，反正都知道祠堂裡不是什麼守護神了。」

「你說，就做。」黑令點頭，張開手指，掌心上迅速浮湧銀紫色的絢麗光點，再一晃眼便凝成鋒利巨大的旋刃。

柯維安也飛快地召出自己的毛筆，沒再多說什麼，他做了個手勢，與黑令一同快速行動。

論體力和耐力，柯維安知道自己是成績單會被打上不及格的那一個，可是論起短程爆發力，他還是挺有自信的。

兩人全力衝刺，高大的石造牌樓很快進入柯維安和黑令的視野中。

歷經長久風化侵蝕，牌樓外觀斑剝得嚴重，表層不少地方凹凸不平。其中中間的題字更是只剩「祠」字還稱得上清楚，前端兩字無從辨識。

乍見牌樓矗立，柯維安又做了個手勢，示意暫時放慢速度。

山道的石板鋪設僅到牌樓前爲止，牌樓後是一片泥土地。加上昨夜突來一場大雨，深黝的地面至今仍飽含濕氣，比平時更顯鬆軟，若是踩踏上去，輕易就能留下淺淺凹印。

柯維安和黑令的眼力皆勝過常人，在燈籠燭火照射下，他們沒一會兒便注意到了地面上的幾枚腳印。

腳印往深處持續邁進，形狀不大，是屬於小孩子的大小。

柯維安心裡立刻浮現出「符芍音」的名字。

顯而易見，眾人以爲失蹤的符芍音，竟是來到了符家禁地。

可是柯維安沒有馬上露出放鬆的表情，相反地，他眉毛緊皺。

究竟是怎樣的原因，才會讓那名白髮小女孩沒向任何人說，就隻身來到這個地方？

而且，至今未歸……

柯維安飛速思索，腦海掠過諸多猜想，最後定在一個最有可能的選項上。

「會不會……和符邵音有關？」柯維安不自覺喃喃出聲，他沒有看向一旁的黑令，這表示他不是在向誰探詢意見，而是習慣性的自言自語。

「灰幻說過，符邵音最後曾單獨叫小芍音去她房裡，再根據小伍、小陸所說，小芍音出來後，似乎就沒人留意到她的行蹤……」

如果眞是因爲符邵音，符芍音才默不作聲地私下來這，爲的又是什麼？

「嘖，不管是什麼目的，都不該讓小芍音自己來才是，蘿莉可是要好好愛護的。」柯維安不滿地重重彈舌，從口袋裡摸出手機充作照明用的手電筒，「黑令，我們跟著腳印走。」

強力光束筆直打上地面，將細微的一切照得無所遁形，包括往特定方向延伸的小小足印。足印的主人顯然沒特別想過要掩蓋自己的行蹤，大多印子清晰可辨。

爲免陰影阻礙，柯維安讓高個子的黑令和自己保持數步距離，他則是照著腳印，一逕低頭往前走。

前段腳印間距相當規律，可是到了中途，距離驀地增大，凹陷的深度也更爲明顯，看得出腳印主人不知因何從行走改爲奔跑。

是突然看見什麼？還是臨時發生什麼事？

柯維安心中一緊，不禁加快速度，就怕腳印的主人眞遭遇什麼危險。

柯維安跑得急促，視線又全盯著腳印，渾然沒注意到他一頭栽進了偏離祭典步道的樹林裡，亮著燭火的燈籠被拋在身後。

「小芍音！小芍音！」既然此區不會有其他符家弟子出現，柯維安乾脆放聲大喊，只希望能在這片幽靜林子中獲得一點回應。

「小芍——」

柯維安的叫喊猛地斷成兩截，他沿著腳印追往一處樹叢。可就在他奮力穿越後，腳下驟然一空。

地面原來並沒有向外延伸。

柯維安瞪大眼，聲音卡在喉中，他根本沒想到樹叢外會沒路！

偏偏他一路上衝得急，就算腦子裡意識到自己踏出的一腳踩空了，身體終究來不及做出反應。

慘了，難道這次就要交代在這裡了嗎？

這念頭在柯維安腦中一閃而逝，同時，煞不住衝勢的身子也跟著往下傾墜。

說時遲、那時快，一隻大掌猛地自後扣住柯維安的手臂，大力將他往後拽扯。

柯維安踉蹌幾步，最後手臂上的力道鬆放開後，一屁股往地面跌坐下去。

周圍植物枝葉刮傷了柯維安暴露衣外的皮膚，留下深淺不一的紅痕。但他像毫無所覺，只是大口喘著氣，茫然回過頭，望著距離自己一步之處。

沒有任何照明下，那裡像盤踞著深不見底的黑暗，什麼也看不清。

「太要命了……」柯維安嚥嚥口水，還記得方才那一瞬的下墜感，要不是有人及時拉住自己……他下意識再轉回頭，仰高臉，「不過，眞的是太感謝你了，黑令……」

在緊要關頭出手援救的黑令沒吭一聲，還是那張無精打采的臉。要不是那淺色眼瞳格外明亮凌厲，似乎就要和身後的幽林融爲一體了。

柯維安拍拍褲子站起身，抓著手機往差點跌下的位置一照，只能照出大約範圍。看得出是處陡峭險坡，再往下便會如同被名爲「黑暗」的怪物一口吞噬，無法再看仔細。

柯維安仰頭望望天空，縱然沒有光害和霧霾干擾，可是今晚的夜空就像被濃厚的黑雲覆蓋，看不見星子，也看不見月亮。

「所以才會有『乞月祭、不見月』這句話的由來嗎？」柯維安喃喃自語，隨後搖搖頭，「不對，現在看的確很難辨別方向，可是小芍音是下午到這來的，那時天色亮，她也不是第一次到禁地附近……照理說應該知道周遭地形，可是腳印又是往這裡……」

「跳下去？掉下去？」黑令提出了自己的看法。

「呸呸呸！」柯維安馬上露出一臉想把話塞回黑令嘴裡的險惡表情，「小芍音才不會掉下去、也不會跳下去，我就是不想往那方面想才沒說的！」

「你已經說了。」

「謝謝你的提醒喔！而且我剛照過了，沒有掙扎或可疑的痕跡留下。」柯維安狠狠給黑令一個白眼，「少在那邊烏鴉嘴，你幹嘛不說山上下雨路滑，土質易崩，我們兩個大男人站在這邊緣，說不定就……！」

柯維安表情倏地一僵，瞪著黑令。

黑令仍是面無表情地回視，只不過他還多說了三個字。

「烏鴉嘴。」

幾乎在那沉沉話聲落下的轉瞬間，一高一矮兩道人影也跟著失去平衡。

充分吸收水氣而變得鬆滑的土地，終於承受不住兩名男性的體重，崩塌了。

柯維安不確定自己有沒有慘叫出聲，他只知道一件事……

以後絕對不替自己插旗了！好的不靈、壞的靈，未免也太靠杯杯杯了！

如果說人生就像一張餐桌，柯維安覺得自己桌上一定擺滿了杯具。

才會一個晚上下來，幾乎處處悲劇！

從山上驟然往下跌，的確是突如其來的意外，不過這意外對於身爲狩妖士的黑令來說，還算可以解決的範圍。

就算大多數狩妖士都認爲黑令是靈力低微的廢物。

但實際上，他是一個天才。

擁有與生俱來的強大靈力不說，家族環境讓黑令充分吸收了大量符術知識。因此，當他和柯維安失足跌下之際，在瞬間就從身上摸出一張符紙，施展基礎卻實用的符術。

黑令將豐沛的靈力轉化為繩索，圍住一根看似結實的樹枝，最後將柯維安安然無恙地送達底部地面，自己則是毫髮無傷地掛在樹上。

但僅僅如此，不會讓柯維安心生「處處悲劇」的絕望想法。

壞就壞在柯維安一發覺自己安穩地和地面接觸後，不是先爬起離開，而是反射性舉起依舊被他死攢在手裡的手機，想確認黑令是否安全無虞。

而事情就發生在這一剎那。

估計連黑令也沒想到，本以為結實的樹枝會「啪啦」一聲斷裂了，於是他的身子自然遵照地心引力往下砸。

饒是黑令再怎麼身手俐落，在這極短的時間、極短的距離，也來不及靈活應變。

偏偏柯維安還伸腿坐在那棵樹下，沒有爬起的反應時間。

娃娃臉男孩只能眼睜睜看著那名超過一百九的人影，砸上自己的腿。

假使從上頭落下的是名嬌小可人的女孩子，柯維安一定是甘之如飴地接住，況且這還是動漫中常有的王道場面，稱得上另類的公主抱。

問題是，當落下的人不單身高超過一百九十公分，體重也和身高保持勻稱的平衡時，重量加速度下，柯維安被砸得當場向後癱平，眼前一黑，一口氣幾乎就要這麼岔了過去。

要是用遊戲畫面表示，那麼代表柯維安血量的HP欄，一定趨近於零了。

如果可以，他還眞想直接暈過去算了，無奈疼痛火速席捲上來，沉甸的重量如此鮮明地自雙腿處傳來。

柯維安瞪著上頭其實看不太出輪廓的枝葉，一會兒後閉上眼，生無可戀地說：

「我覺得我的腿大概要斷了……它做錯了什麼嗎？你非得要一次兩次三次地對它這麼殘忍，你到底是什麼意思？它就只是一雙無辜的腿好嗎？還有拜託你從我身上滾開，否則我要成爲第一個被狩妖士壓暈過去的神使了。」

壓迫感很快從柯維安腿上消失。

柯維安還是閉著眼，他對黑令解救自己的感激之情已徹底煙消雲散，他懷疑黑令根本是想謀殺他！

或許是柯維安自暴自棄的氛圍太強烈，也可能是直覺自己有錯，黑令一時間沒出聲、也沒打擾。

但也只是一時而已。

發現到有東西在戳自己，眼皮上也有光源落下，柯維安不開心了。

「別戳我，也別拿手機照我，黑令。就不能讓我暫時做個安靜的美少年嗎？重點是我的腿痛死了。」

「那就回符家找醫生。」

接話的是一道缺乏起伏、偏冷的嗓音。

黑令的確也會有這種語氣，可那聲音絕對不可能是他所有。

那是一道童稚平板的小女孩聲音。

柯維安不敢置信地張開眼，眼裡頓時倒映入一張還帶有點嬰兒肥的白皙小臉。鮮紅的大眼睛眨也不眨，乍看下宛如無機質的玻璃珠。

側邊紮綁著白色長馬尾的小女孩就站在柯維安身側，一手握著手電筒，居高臨下地俯望著他，身上衣飾沒有一絲髒亂，顯示出她並沒有遭遇什麼危險。

只不過那雙俯望柯維安的紅眸，在平淡無波中，好似又帶了一絲……嚴厲？

柯維安心中不確定地跑過這兩字，但他立刻拋卻那份心思。巨大的驚喜已如浪濤湧來，拍打得他有些暈乎乎的，甚至連腿上的疼痛也忘記七、八分。

「小……小芍音！」柯維安忙不迭地彈坐起來，無視另一旁拿樹枝戳自己的黑令，他想也不想地一把抱住失去行蹤好幾個小時的符芍音。

直到溫熱且隱約透出奶香的嬌小身子被自己真正抱在懷裡，柯維安心底仍有一抹不真實感。特別當他發覺自己後背也被兩條小手臂攬住，他整個人頓時被滿滿的震驚籠罩。

「等等，小芍音！」柯維安強忍著不捨，飛快將符芍音拉離自己懷抱，讓兩人間保持著距離，「妳居然願意讓我抱？妳後來不是說男女授受不親，都不給抱了嗎？還有，妳剛剛是完整說了八個字耶！」

柯維安記得很清楚，自從和一刻合照完之後，不管自己再怎麼向符芍音討抱抱，都是換來堅定的搖頭。

有次符芍音還直接舉了白板，上頭有力地寫上「男女授受不親」六個大字。

即使柯維安可憐兮兮地大叫自己是紳士，也不被受理。

符芍音盯著柯維安，好半天都不說話。

就在柯維安猜想自己可能得不到答案時，童稚的嗓音卻硬邦邦蹦了出來。

「……安慰。」

「安慰我？」

「對，還有是符芍音，不是小芍音。」

柯維安不知道是不是自己的錯覺，他好像又在那雙紅眼睛裡瞧見了嚴厲和指責。

柯維安眨眨眼，內心不禁生起怪異感。

面前的白髮小女孩看起來沒有哪裡不同，然而性格上像是哪裡出現了奇妙的落差，而且目光彷彿還落在哪裡……

柯維安下意識也轉動視線，然後倒抽口氣。

「我靠靠靠！」顧不得自己還在符芍音面前，他爆出咒罵，飛身撲向自己掉落在旁的手機，用最快速度將之塞回口袋裡。

「內褲？」黑令看得清楚，簡潔地扔出兩個字。

「才不是！那叫南瓜褲，才不是普通內褲！」柯維安氣勢洶洶地回頭吼道，可下一秒就意識到自己說了什麼。

他忍不住摀臉呻吟，這次想裝作大夥看錯都沒辦法了。

他的手機鎖屏畫面是隨機的，會不定時更換。他有時下了一堆圖片，也沒有一一檢查……誰曉得就那麼剛好，剛才的鎖屏畫面居然是件小熊圖案的南瓜內褲！

就算小芍音再怎樣平靜老成，也難怪會用那種眼神看自己了……

「嗚呃呃，那其實是我手機中了病毒，才會跑出那種圖片……總之跟正直、爽朗、品性良好的我完全無關就是了！」柯維安當機立斷，將浮起的慌張用力按壓下去，迅速擺出了剛正不阿的態度，與那張容易被人貼上「變態」標籤的圖片劃清界限。

也不知是被柯維安的氣勢震懾住，還是尚未從那串連珠炮般的大段話中回過神，符芍音的臉蛋罕見地流露出一愣一愣的表情，使得她原本的冷肅也跟著垮下幾分。

柯維安抓準時機，趁勝追擊，這種時刻最佳的辦法就是——轉移話題！

「先不管那個了，小芍音。」柯維安挺直背，雙眼嚴肅地張大，目光如探照燈般直直盯著對方，「最重要的是，妳怎麼會在這個地方？妳有受傷嗎？妳一聲不吭地跑來這裡，嚇得大家以爲妳出事，都擔心死了！」

「不……」符芍音冒出一個字，又抿起嘴唇，接著才像費了一番力氣，擠出剩餘的幾個字，「不是故意，沒傷，跳。」

小芍音這是在說什麼？我和小天使沒辦法溝通，這時候該怎麼辦？

「不是故意一聲不吭地跑來，沒有受傷，是從上面跳下來的。」被柯維安晾在一邊的黑令驀地開口，低低緩緩的嗓音擴散進四周的深幽黑暗裡。

柯維安震驚，「眞的假的？黑令，你和小芍音之間有電波能溝通嗎？」

「沒有電波，也不會觸電。」黑令張握手指，像在對柯維安證明他沒有感受到電擊時的刺麻感，「我隨便猜的。」

柯維安闔上嘴，黑令奇妙的狀況外有時讓他放鬆，有時更讓他感到心累。

「那個……小芍音？」柯維安果斷詢問當事人，得到的是白髮小女孩面無表情地點點頭。

靠！隨便猜也猜中？我明明比黑令還熱愛小天使，爲什麼能跟小天使溝通的偏偏是他？

柯維安絕對不承認自己是嫉妒地橫了黑令一眼。

「可是小芍音，爲什麼妳要跑來這裡？我原本以爲妳是去祠堂……」

「祠堂有去，那有路。這裡，查探。」

「查探？」

柯維安詫異地重複最後兩字，視線依然沒有離開符芍音。見到對方的喜悅稍微退下後，一縷疑惑無法避免地飄了上來。

白髮小女孩最初的言行給柯維安太強烈的不對勁感，縱然對方又回復到惜字如金的情況，先前的流利長句彷若曇花一現，但仍像有顆碎石投進柯維安的心湖裡，激起一圈懷疑的漣漪。

眼前的符芍音，當眞是他認識的那人？

會不會像昨夜，有「什麼」躲在那名男大生的體內一樣？

「有發現，在意。」似乎未發覺柯維安陡然轉爲銳利的眼神，符芍音冷不防抽出一張符紙，紅眸凜凜，「兵武，現。」

隨著咒語的催動，符紙光芒瞬閃，幻化爲一柄無鞘的巨大斬馬刀。

手持著和自己嬌小體型不相襯的武器，符芍音將手電筒一關，往衣上口袋一塞，另一手緩緩自刀身上方虛虛撫過，小簇小簇的銀白光點霎時平空生成，依附在斬馬刀身周。

不知情的人若是見了，只怕會誤認爲有螢火出沒。

望見這一幕的柯維安立時沒了疑心。

——根據楊百罌所說，凡是狩妖士遭到不淨之物入侵，是無法好好運用靈力的。

猶如將斬馬刀充作另類照明，符芍音將之高舉，平靜說道：「這裡，有印象？」

柯維安一怔，連忙東張西望。

這時候，銀紫色光輝也無預警亮起。

黑令沒有讓自己具現化的靈力凝成旋刃，而是讓那些大把大把的光點像流螢般飛起，在附近打旋。

既然有了黑令的助力，柯維安也放棄再拿出筆電的打算，他仔細觀察起這個地方。

就和山裡其他處一樣，此地樹木環立，矮一些的植物叢密分布，地面是深暗的泥土……等等！

柯維安霍地張大眼睛。

山裡確實昏暗，就連星月也被濃厚的雲層遮得不見跡影。可是在宛如大量飛螢的白點和銀紫光點的簇擁照耀下，在一定範圍內，還是能將此處看得一清二楚。

包括像經過粗暴外力摧殘，而顯得多處凹凸不平的地面，也是無所遁形。

柯維安當即認出來了，這裡原來就是昨日他和一刻、黑令、符芍音，還有灰幻，消滅亡靈、找回路雪雪的地方！

雖然之後他們發現被消滅的只是分身，甚至在那番攻擊下，反倒幫助了亡靈找回散落的殘骸碎片……

「我沒想到……」柯維安仰高頭，望向他和黑令摔下的方向，「這裡和祠堂其實只隔了一段距離……可是小芍音，妳忽然提起這裡，又跑來這裡查看，應該有什麼原因吧？」

柯維安的思緒轉得飛快，瞬間抓出一個可能的猜測。這猜測也讓他的娃娃臉浮上緊張之色，險些就要出一身冷汗。

「該不會，還有誰的碎片留在這裡？」

「無。」符芍音倒是肯定地搖搖頭。

柯維安鬆口氣之際，符芍音將高舉的刀放下，持平地遙指某一方向。

「水中藤之池，曾在那方。」

「水中藤……妳是說水瀾？咦咦？小芍音也知道水瀾？」

「知道，別說。」符芍音偏過頭，思考數秒，復而說道：「保密……女漢子的約定。」

「不是女的。」黑令冷不防插話，但立刻遭到柯維安揮手驅趕。

「去去，小芍音說什麼都是對的。管他女漢子、男子漢，就算是人妖也沒關係。你別老是在奇怪的地方有意見，去旁邊好好當一個安靜的美男子。小芍音，妳繼續。」

「……好。」符芍音的紅眸注視著柯維安，白螢光點輝映下，眸底似乎也被烙下一片明滅不定的陰影。

柯維安向來對視線敏感，他反射性回望。剎那間，他生起了那雙紅眸看著自己，飽含著「以爲種了含羞草，怎麼長大後走精成爲大王花」意味的詭異感覺。

不不不，肯定是錯覺。柯維安甩甩頭，暗惱著自己在這時刻還想些亂七八糟的東西。況且符芍音那麼小，絕對不會露出那種複雜眼神的。

當柯維安再看向對方時，見到的依舊是如無機質玻璃珠的紅眸。

果然是錯覺。柯維安吁了口氣，聽見符芍音再平淡地說：

「水，經過這。」

「經過這？但我沒聽見水流的聲……靠！」

柯維安臉色驟變，咒罵也下意識脫口爆出，他終於理解符芍音想要表達什麼。

地面不見水流，那就只能是在地下了。

曾種植水中藤的水池蘊含豐沛的靈氣，也因此才造成水瀾的出現。即使那塊靈氣之地已遭填埋，依然無法改變當初沾染靈氣的水流，早在地底下默默流淌多年的事實。

無論多微小的靈氣，經年累月下來，也足夠積累到一定程度。

而那些稚齡亡靈的殘骸，至昨日之前，都不為人知地被埋在這片土地裡……

「怪不得另外幾個就算沒被瘴寄附，仍有那種力量……真要命，幸好碎片不是直接落在池裡，否則不知會變怎樣……」柯維安抹抹臉，光是想像就讓他頭皮發麻，「不過照時間來算，我怎麼想都不可能會認得……」

「你，說什麼？」符芍音的斬馬刀瞬間指來，刀尖就停在柯維安身前，鮮紅的眸子眨也不眨，卻又像能鋒利地刺穿一切。

柯維安這才驚覺自己一時大意，把不該透露的祕密透露了。

「沒事！我只是在想，都這麼晚了，還是趕緊先通知其他人吧，免得大夥擔心，然後我們也得趕快回去才好！」

柯維安面不改色地將先前的自言自語一語帶過，露出大大的笑容，朝符芍音伸出雙手。

「小芍音，我可以抱妳回去喔，妳一定累了吧？」

「不累。」符芍音幾乎在柯維安話聲甫落，便簡潔地蹦出兩個字，拒絕得分外明顯。

柯維安當下失望地垮下肩，眼裡的光芒也暗了暗。

「是嗎？這樣啊，真不行的話，絕對要告訴我啊。」柯維安無精打采地說，「那我先打電話通知一下……順便發LINE給群組……」

正當柯維安滑動手機螢幕時，他沒有留意到靜靜佇立一邊的黑令正望著符芍音。

那雙淺灰眼瞳如此沉靜、如此凌厲，像極了盯緊獵物的狼。

黑令鞋尖微動，彷彿只是個無意間的舉動。

但符芍音看見地面上逐漸成形了四個字。

妳，不像，她。

螢光流轉，符芍音皎白的小臉不見一絲表情，木然得像戴了張面具。

白髮小女孩筆直地與黑令對視，紅潤的嘴唇動了動，模糊的氣聲飄出，唯有黑令能聽見。

黑令發現那是「沒惡意」三個字的音節。

然後符芍音不再說話，可她的眼神、表情，她的全身、一切，都像用盡全力般對黑令說出兩個字。

她說：別說。

第五章

手機鈴聲響起，一刻慢了一拍才意識到是自己的手機，心想著會不會是已找到符芍音的消息，他飛快接起電話。

「喂？蘇染，找到人了嗎……不，我這啥也沒發現……」

一刻吐出一口氣，一手抓著手機，一手握著手電筒，繼續搜索周遭動靜。

打電話來的人是蘇染，只可惜她並沒有帶來好消息。

「我嗎？我現在在田邊，我也搞不清楚是在哪個方向……這裡看過去都是差不多的景色，還有跟恐怖片裡差不多的稻草人……它們戴了花眞的沒比較好，驚悚度反倒暴增。」

一刻簡單提了下自己的情況，順便也和蘇染交換其他人的資訊。

由於一刻的手機還未換成智慧型的，因此他無法像同伴一樣，可以直接看LINE群組裡的對話。

據說那個叫「符家解謎團」的群組，是柯維安昨天建的，還動作快速地把灰幻、黑令、蘇染、蘇冉、楊百罌都拉了進去，說是交流起來比較方便。

一刻對自己無法入群也不感到遺憾，反正手機能講電話和傳簡訊就好了。況且有蘇染在，任何消息他依然有辦法在第一時間獲得。

「妳有時候消息靈通到像外星人了，蘇染。」一刻認眞說道。

換來的是女孩的吟吟笑語，「那蘇冉也該是。」

緊接著是男孩的聲音貼近，「否定，我不是。是外星人，就不須爬窗，可以直接進去。」

「還可以直接知道內褲顏色，不用再拿布丁賄賂織女。」

「我操操操！你們到底對『夜襲』和『內褲』有什麼執念？不，該死的用不著告訴我！我他媽的一點也不想知道！」

用著堪稱咆哮的音量朝手機喊完話後，一刻毫不猶豫地結束通話，並決定待會要是自己的青梅竹馬來電，暫時都要拒、接，以免被那些莫名其妙的宣言氣得爆血管。

還有……暑假期間，他的內褲顏色果然是織女那個見布丁就眼開的混蛋小鬼洩露出去的！

想到那個擁有蘿莉外表，但賣自己消息不手軟的神祇，一刻頓時氣得牙癢癢的。

「馬的，等她和牛郎蜜月回來，老子鐵定要禁她一個月的零食點心。」一刻撇撇嘴，嘀嘀咕咕地碎唸著，腦內思考沒停歇，雙腳更沒有因此停下步伐。

剛剛那通電話裡，一刻大致知道各方的位置和搜索情況。

爲了方便施展神使或是妖怪的力量，一刻等人並沒有和符家人一塊行動。

原本要由灰幻負責拆組分隊伍，不過柯維安當時馬上高舉反對旗幟，痛心疾首地表示：妖怪的思考方式和普通人不一樣，特別是他們公會的特援部部長，男的女的在他眼中都跟顆馬鈴薯差不多，他完全不會心軟，只會徹底奴役。

——只有范相思和張亞紫對他來說是特別的女性；前者是求偶對象，後者是崇拜對象。

至於地位高一階的胡十炎和安萬里，大概就是六條尾巴的馬鈴薯，和戴著眼鏡、泛黑氣的馬鈴薯了。

於是最後下指示的人變成一刻。

顧慮到女孩子不適合單獨夜間行動，一刻讓蘇染、蘇冉一起，楊百罌和灰幻一起，他自己與柯維安則是隻身一人。

在蘇染來電之前，一刻已先從柯維安那得知棲離山的情形。

蘇染他們是在村裡的主要街道上，灰幻和楊百罌是在另一端田間，剛好與一刻反方向。

但不論眾人在哪裡，搜索結果至今都是相同的。

一無所獲。

「真是見鬼了……符芍音到底是跑到哪裡？」一刻重重彈下舌，暫時先不去深思符芍音的消失究竟是主動，或是被動的。

首要之務只有一個，就是找到人！

符家人似乎偏向符芍音可能跑到山裡的看法，所以在那投注了最多人力；剩下的人不是在村中尋找，就是不放棄地在符家本館和別館重複搜查。

包圍在村子外圈的大片稻田，反倒被認定是不須多花費工夫的地方。

一刻毫不在意偌大的田間裡，僅有自己孤伶伶的手電筒光束晃動。

沒有了狩妖士，對身爲神使的他其實更方便行事。

已入夜的田野被寂靜籠罩，一刻只聽得見自己的腳步聲，還有偶爾響起的響亮蛙鳴。

除此之外，所有聲音都像被周遭的黑暗吸收進去。

事實上，雖說馬路兩側設有路燈，可是那水銀色的光輝主要投射在路面上。一旦脫離了馬路範圍，光線就變得微弱，僅剩餘光淹沒於深闃的暗色中。

在白日看起來鮮碧的無數稻葉，入了夜就像某種奇異的存在。隨著夜風吹拂而起伏擺動的它們，看上去更像一大群黑壓壓的生物。

尤其是佇立在田中的稻草人，幽暗模糊了它們的輪廓，遠遠看去，彷彿是隨時會活動起來的詭異人形。

一刻試著將手電筒往稻田中央照去，無奈光線不夠強勁，難以順利穿透過去，更遑論看清田中景象。

一刻皺皺眉，抬頭望了下夜空。

今晚不知怎麼回事，星星和月亮都無法瞧見。濃厚的雲層簡直像團抹化不開的漆黑顏料，將天幕上的一切密密地遮覆住。

沒有了月光的照明，盤踞在底下的黑暗彷彿更加肆無忌憚地擴張領域。

一刻忽然想到乏月祭名字由來。

就在明晚，那個看不見月亮的古怪祭典將要舉行。

啊啊……

踩著田梗、深入田間的一刻倏然停下步伐，他的背部線條綳緊，雙眸銳利地瞥視四方，試圖從團團闃暗中找出聲音來源。

就在上一秒，他聽見了「人聲」。

雖然細微，但宛如一名不知男女的人拉長聲音，像要喃誦，或是歌唱。

只是一刻屏著氣，嚴陣以待了好半晌，四周卻是靜悄悄的。

彷彿那不過是一場錯覺。

真是錯覺嗎？

一刻眼神深沉，他一點也不認為是。

就在死寂無止盡蔓延的這瞬間，深夜的田野中，異聲又起。

沙沙沙！

一刻猛然回頭，大張的雙眼登時映入一抹人影飛速從稻叢中竄出，有如脫兔般即將消失在另一頭。

那人影嬌小，且一束長髮隨著奔跑的動作大力擺晃，鮮明無比地烙印在一刻眼底。

「符芍音！」一刻想也不想地大喊，一個箭步朝人影方向疾追上去。

嬌小人影對身後的叫喊恍若未聞，奔跑速度不單沒有減慢，反倒加快了，簡直就像後頭有什麼毒蛇猛獸在狂追不捨。

「我操……符芍音！」一刻不敢將髒話爆得太大聲，簡單粗暴的兩字在舌尖快速滾過後，他拉高聲音，再次急急大叫。

一刻知道自己離面善可親有段不小的距離，可有必要真將自己當成某種可怕的怪物嗎？

這想法讓一刻不禁心悶。

一般小孩大多不願意接近他，原因不外乎眼神凶惡、氣勢嚇人；而願意接近他的幾個孩子，偏偏都是非人類。

例如織女、珊琳、胡里梨……不，嚴格來說，她們的真實歲數都比自己大！

眞正稱得上稚齡的戊己，卻還只是一隻貓。

好不容易總算有歸類在人類範疇的符芍音敢親近自己，一刻嘴上不說，心底其實挺開心。

但現在，對方的態度卻又來個一百八十度大轉變，這感覺好比是有塊石頭堵在胸口。

然而很快地，一刻就將這些想法扔到一邊去。他震驚地發現到，符芍音鑽冒出來的那個方向，竟然還有東西在迅速移動，同時製造出更多稻葉晃動聲響。

沙沙沙、沙沙沙……

看不見形影的東西沒衝到田梗上，它在密集的稻葉中穿梭，持續緊追在符芍音後方。

一刻可不認爲那僅是野狗，或是其他動物什麼的。

「管你是啥鬼，追著小女生不放，他媽的就是變態！」一刻狠狠地將手電筒往不知名生物方向砸出。

亮白光束隨即在夜空劃出凌亂弧度，直接掉落在稻田裡，從葉片間隙射出不明顯的光芒。沒有砸中！

扔出手電筒後，一刻周遭的能見度轉眼降低，但他也沒打算再拾回手電筒。

白髮男孩心思一凜，左手無名指閃動一圈橘芒，繁複的橘色神紋像是戒指般烙印在皮膚上。與此同時，一根如劍長的鋒凜白針也被抓握在他的右掌中。

針身透出明亮光輝，一下子就逼退了四面八方圍籠上來的深暗。

將自身武器作照明用，一刻一口氣提高速度，欲極力縮短自己和符芍音間的距離。

就像察覺到有第三者在全力阻撓自己，田中的存在亦加快速度，帶出更劇烈的動靜。

沙沙沙、沙沙沙……

沙沙沙、沙沙沙！

葉片摩擦著。

夜間裡令人不由心生不安的聲響一波波傳來，越來越響、越來越響，像是從多個方向同時湧冒而出。

不對，眞的是從不同方向傳來！

一刻心中駭然，他的視野內能見到原本平靜的另一側稻田出現多處躁動，不時可見叢生的稻葉倒下，像是被外力重重踐踏過去。

假使能從高空俯望，就可以瞧見平坦的廣大稻田正被開出一條條路徑。

一刻無法從高處看，他只知道這狀況他媽的太詭異了！

「符芍音！離開田，到馬路上！」一刻腳步不敢放緩，但他的厲喊依舊像撞上一堵看不見的障壁，無法順利傳入符芍音耳中。

嬌小人影仍然逕自飛奔，髮絲和衣角、裙襬皆颯颯響動。

一刻不知道對方是眞沒聽到，還是慌了心神，把一切聲音都視作危險的號角。

再怎麼成熟穩重，對方都不過是個才九歲的孩子。

夜間的廣袤稻田簡直像座大迷宮，交錯的田梗隱藏在密集的稻葉中。

一刻沒辦法像那些巧妙藏起自己身形的不知名物體（甚至不確定到底算不算生物），能在田裡不擇路地橫衝直撞。

要是離開田梗，栽種著水稻的田中央可是遍布軟爛的泥土，濕濘又難以行動，更不用說會破壞農民的心血結晶，也是一刻不願做的。

「幹！差點忘了……」一刻驀地咒罵一聲，從口袋裡掏出隨身攜帶的一捆白線。在持針的情況下，他用著彆扭的姿勢，扯下一截往高空拋扔。

無視地心引力的影響，白線霎時往上直衝，就像一支蓄滿力道的箭矢。

白線在高空倏地又自動接連成圓，那圓形再漲大，吞納了大範圍區域，裡頭的景物好似產生模糊的疊影。

但不到眨眼時間，這些細微的異變便消失無蹤，宛如什麼也沒發生過。

不過一刻清楚，專屬於神使的結界已經完成。

敏銳地感受到周圍發生變化，飛馳移動的諸多物體顯得愈發急躁。本來只有稻葉摩擦的沙沙聲，現在更多了獸類的低低咆吼。

最後，就連插立在田中的稻草人也出現了古怪動靜。

一刻瞳孔收縮，神使的夜視能力本就好，再加上白針自身的熒熒光輝，讓人能清晰地發現稻草人身上的變化。

有著詭譎外表的稻草人掙動四肢。

視線可及的稻草人像是想要從木頭上掙脫下來。

被套著麻袋的頭部擺晃，發出嘎吱嘎吱的聲響；用蠟筆畫出的拙劣五官，好像眞的做出詭異的表情。

沙沙沙……

嘎吱、嘎吱。

沙沙沙……

嘎吱、嘎吱。

稻草人的嘴咧開，它們露出大大的裂縫。

啊啊……

一刻再次聽見那難分男女的綿長聲，像是喃誦、像是歌唱，但不再僅僅只吐出兩個字就消隱。

這一回，聲音尖厲地延續下去。

啊啊……乏月祭，不見月。

燈指路，山道行。

符家人，拜著鬼。

從稻草人歪斜的嘴巴中，從四面八方的黑暗中，像是浪濤般波波圍來。

啊啊……乏月祭，不見月。

燈指路，山道行。

符家人，拜著鬼。

鬼鬼鬼。

像是一人在顛狂大笑，又像是眾人齊聲高唱。

一刻不禁想要詛咒柯維安的烏鴉嘴，當初說什麼這些稻草人充滿恐怖片的FU……幹恁老師啊！眞的變成貨眞價實的恐怖片了！

那些尖厲的聲音還沒結束，像要窮追不捨地逼迫著被困在暗夜田間的獵物。

鬼鬼鬼！

原先拖得蒼涼綿長的聲音驟然一轉，成了空茫童音。

鬼啊鬼，鬼在哪裡？

紅紅的眼睛盯著我們。

紅紅的顏料滴滴答答。

紅紅的顏料嘩啦嘩啦。

爸爸、媽媽、哥哥、姊姊、弟弟、妹妹。

我們想要，但我們　沒有。

爸爸、媽媽、哥哥、姊姊、弟弟、妹妹。

我們想要，但我們　被埋在土裡！

再也分不出蒼涼還是童稚的聲音放聲尖叫，一時間竟像淒厲的鬼哭神號。

同時更如同密密麻麻的細針，強橫刺痛人的耳朵。

一直不停歇奔跑的嬌小人影猛地腳步一絆，狼狽地往前大力撲跌。

「符——」一刻焦急地想大吼，但不止息的音波攻擊讓他難耐疼痛，也阻止了他的前進。

彷彿要扎刺入腦內的那份痛苦，讓一刻不得不放開白針、雙手摀住耳。他的身形不穩，膝蓋一屈，頓時踉蹌地跌跪下去。

嘻嘻、呵呵。

尖高的哭號中，又夾雜著歡快的笑聲。

似乎知道獵物的行動受到限制，隱於田間的存在登時蠢蠢欲動。

下一秒，它們全速呼嘯衝出。

稻草人狀似痛苦地掙扎著。

稻草人咧開的嘴巴溢出大笑。

啊啊……乏月祭，不見月。

燈指路，山道行。

符家人，今償債！

「償你老木……還有債你老木啊！」一刻義無反顧地鬆開手，強忍著劇痛襲來，抓住了白針。

數十條詭譎難辨的黑影齊齊從田間竄出、高躍至空中，眼見就要撲向田梗上的嬌小人影，一刻扯出凶獰的笑容，迅雷不及掩耳地將長針以貫穿一切的悍然力道，使勁往土地裡刺下。

「有種裝神弄鬼，就有種出面來戰！」

說時遲、那時快，靜靜蟄伏在白髮男孩無名指上的橘紋流竄過耀眼的光芒，繁密如植物枝蔓的紋路一口氣在皮膚上擴散。

長針上的白光就像感受到那股力量，瞬間光芒大熾，呈幅射狀往四方噴發出去。

光芒漫淹過稻田、稻草人，還有那些在空中的黑影。

前一秒的駭人音響頓時像被長針的光輝一併吞沒，化爲了死寂。

接著，就聽見「啵」地一聲，像有誰的呢喃在這處夜空下破碎了。

唉啊，一個人的遊戲還沒結束……

再然後，盡歸無聲。

被夜幕覆蓋的稻田仍舊一片寂然，只偶爾會有響亮的蛙鳴冒出。遠方馬路上的路燈還盡職地發著光，將路上和田裡分成了兩個世界。

黑影消失了。

稻草人也安安靜靜地守在原位，畫在麻布袋上的線條看起來依然歪斜，卻沒有任何裂開痕跡。

一切回復原狀，又或者，像是什麼也不曾發生過。

一刻急促地喘著氣，險些連蹲都蹲不住，耳朵裡似乎還有嗡鳴聲震顫。白光熾閃時，他感覺到體內的力量似乎也跟著流逝，被掏出了一塊。

待耳鳴和暈眩平息，一刻握緊長針，一手下意識往口袋裡的手機探去。他打開手機上蓋，找出今早收到的一則簡訊。

部下三號，妾身忘記跟你說了，妾身和夫君去度蜜月前，妾身啊，有再分了一絲絲神力到你那，好引導你「半」的力量運轉得更順利。如果不順利也沒差，最多是上廁所不順而已。文昌說過，你之後碰到的事會越來越複雜，天下父母心，所以妾身才會這麼做。你就懷抱感動、感激、感謝之情，用九十九個布丁來回報妾身吧！沒有要一百，是因爲那一個是分給你的，畢竟你是妾身和夫君的重要孩子哪。

隨著簡訊一起傳來的，還有一張甜蜜的雙人親吻照。

雖然只是親臉頰，但也夠讓收到的人感受到符合蜜月假期的濃情蜜意。

簡訊和照片都是織女寄來的，因為簡訊裡吐槽的點太多——上廁所不順是怎樣？這他X的分明是詛咒吧！還有，妳就是用一個布丁來表達對孩子的重視嗎？——以及照片上的織女又恢復成稚氣小女孩的外表，導致那畫面怎麼看都像是一名美男子要對小蘿莉這樣那樣的犯罪照。

當時一刻只匆匆掃過，根本不想多看幾眼。

現在回想起來，一刻才深刻地體會到，織女的小舉動給自己帶來了多大的幫助。

「難怪這陣子，力量好像比較聽話……」一刻吐出一口氣，視線從照片上移開。

這次看得仔細了，才注意到原來那不算是雙人照，但他實在很想裝作什麼也沒看到。他絕對沒看到織女的另一邊臉頰，被一抹不符合科學的迷你少女人影湊近親吻。

少女的烏黑髮絲綁成多條細辮子，背上有著一雙同樣不科學的黑色羽翼。

——馬的，為毛他得被迫看牛郎、織女、喜鵲的三角戀啊！

暗暗腹誹著，一刻收起手機、提著白針，快步跑向前方的符芍音。

白髮小女孩正試著撐起自己，她似乎發覺到後方靠近的腳步聲，頓時身子一震，飛快地扭頭。

陡然逼近的高大身影讓她本能地覺得危險，她使力想趕緊站起，然而那白得像會發光的纖細手腳無力支撐，一個失衡，反倒讓自己往田梗邊滑跌，一屁股跌進了濕濘的爛泥裡。

「符芍音！」一刻見對方身體不穩，立即加大步伐，但還是來不及一把抓撈住那抹小巧人影。

泥巴弄髒了符芍音精緻的衣裙和斗篷外套，潔白的布料濺上大小不一的污漬，一雙鞋子更是泰半都埋陷了進去。

坐在田裡的符芍音像反應不過來自己發生了什麼事，白皙略帶嬰兒肥的臉蛋上一片木然，鮮紅的大眼睛眨也不眨地仰望站在自己面前的白髮男孩。

顧及自己的一身戾氣還未褪去，拿著武器的模樣在夜晚看來估計很嚇人，一刻想了想，讓白針消逸，手背上的橘紋也隨之隱沒。他抽出手機、壓著按鍵，讓螢幕散發冷光，再把手機遞給符芍音。

符芍音沒動，還是直直地望著人。

受到驚嚇了嗎？一刻憶起方才的場景，就算是個大男人恐怕都要嚇得腿軟，何況對方只是一名小女孩。

「拿著，按著按鍵，讓它保持發亮。」一刻蹲下身，耐心地說，「我們等等再去撿回我的手電筒。」

符芍音還是沒說話，不過她伸出手，將那支發亮的手機抓在手中。

一刻滿意地點點頭，下個瞬間，沒有任何猶豫地將坐在田裡的符芍音一把抱起，一點也不將那些沾到自己身上的泥巴看在眼裡。

符芍音愣住了，嬌小的身軀微微僵直。

一刻沒追問對方爲何會跑到這裡、剛剛有沒有聽見自己的喊聲，他只是將人抱得更穩。

「我知道妳寫過『男女授受不親』，不過這時候，妳就稍微將就一下吧。」一刻說完，便沉穩地邁開大步，沿著來時的方向一路走回。

一刻撿回手電筒後，他改讓符芍音拿著手電筒照路，自己空出一隻手，打算撥打手機，通知同伴他這邊已經找到人了。

只不過當一刻看清螢幕上的圖示，不禁咂舌。

「不是吧，沒訊號？剛剛明明還可以……算了，大不了走快點，回村裡總會遇到人吧。」

既然沒辦法通知其他人，一刻也只好耐著性子，一步步往村莊走去。

第六章

從外圍的稻田區走回村子裡，花了一刻一些時間。

街道上的冷清景象，則是讓這名白髮男孩不禁愣住。

因爲乞月祭的關係，寂言村大部分村民提前離開，路上兩側住戶幾乎家家鐵門拉下、大門深鎖。

但這樣子的「冷清」，是一刻早就知道的——他之所以愣怔，是因爲街道上竟然一個人也沒有，也沒有傳來任何焦急大叫著符芍音名字的喊聲。

這裡不是棲離山，沒有不能大聲喊叫的限制，不該沒有聲音的。

應該忙著搜尋符芍音行蹤的符家人，赫然不見了蹤影。

路燈的光芒照耀在深黝的柏油路上，水銀色燈光將一切映照得清晰可見，和不久前所在的田野區宛如兩個截然不同的世界。

可是也正是看得清楚了，眼前空無一人的景象，反倒透露出一股強烈的死寂與荒涼……

怎麼回事？符家人知道符芍音被找到了，所以都先返回符家？

不可能，自己根本沒有聯絡上任何人……各種揣測在一刻心裡閃過，但他的腳步未停，同時不忘拉高聲音大喊。

「蘇染、蘇冉？蘇染、蘇冉！」

一刻沿著街道喊了好一會，回應的依舊是不變的寂靜。

他彈下舌，也不再喊著自己青梅竹馬的名字，改將氣力全放在大步行走上。

蘇冉的聽力異於常人，如果一直沒得到回應，就代表他們確實不在這附近。

「我要用跑的，妳抱緊我。」一刻對符芍音吩咐。

待那兩隻纖細的手圈上一刻的脖子，自皮膚上傳遞過來的冰涼感，頓時令他大吃一驚。

好冰！怎麼會那麼冰？剛才都沒怎麼注意到……

明明還是夏季，而且符芍音還多加了件斗篷外套，可是她的手就像是摸過冰塊……

隨即一刻又想到，白子的身體比一般人虛弱，符芍音在外頭也待了好幾個小時，還跌進田裡，說不定就是這些因素才導致如此。

擔心著符芍音的身體，一刻大步如飛地穿過街道，照著記憶中的方向奔往符家莊園。

還未抵達符家本館，遠遠地，一刻就發現路上可見其他符家人了。

那些狩妖士也和自己一樣，急匆匆地朝本館而去。

很快地，有人注意到一刻的存在。

是名年紀比一刻大上一些的年輕人。

那人瞪大雙眼，驚喜交加地指著一刻懷抱中的符芍音大叫：「小小姐！小小姐眞的被找回來了！」

這一聲音量之大，立刻又引來鄰近幾人的注意力。

數雙眼睛齊刷刷地轉過來，下一秒亦染上狂喜的色彩。也有人露骨地大口吐氣，拍拍胸口，表現出自己的安心之情。

「消息果然沒錯，是小小姐回來了！」

「嗚啊！為什麼小小姐身上弄得那麼髒……都是泥巴！」

「喂，那邊那個誰！趕緊去通知本館的人，要他們馬上準備乾淨衣服！」

「還有放熱水！」

「啊，對對對……」

圍上來的幾人七嘴八舌，但臉上盡是一派喜悅笑容。

單是從這幾個反應來看，就能看出符芍音在符家確實備受寵愛。

然而一刻卻是懵了。

這些人表現出來的態度，就像是已經事先收到符芍音被尋獲的消息，問題是……手機剛剛沒訊號，自己壓根沒打電話給誰！

而且，他是到現在才遇上符家人，先前連個影子都沒見到。

既然如此，他們究竟是怎麼知道的？

「誰通知你我找到符芍音的事？」一刻猛地抓住離他最近的狩妖士，態度強硬地逼問。

「咦？」那人嚇了一跳，一時間說起話來結結巴巴的，「就、就其他師兄弟……反正有人打電話通知，說找到小小姐了，然後我再幫忙聯絡其他人……」

「對啊，我也是這樣！我接到的電話講得很急促，只說大家可以趕緊回來，小小姐已經找到了……」

「沒錯沒錯，這下可以安心上床睡覺了！」

「睡你個頭！你都不緊張嗎？明天是乞月祭耶，你明明就是第一次參加的菜鳥！」

「菜鳥又怎樣啊？反正我只是負責繞村的而已。」

幾名狩妖士七嘴八舌，或許是因爲符芍音終於歸來，他們心中的大石跟著落下，有了開玩笑的心思，當然也不忘大力誇獎找到人的一刻。

「都是你的功勞，幹得好啊，楊家的！」

其中一人像是好哥們般地拍拍一刻的肩膀，但一瞥見那雙銳利到有如天生帶著凶氣的眼，登時又訕訕地收了回去。

「咳咳，反正不愧是楊家主帶來的人……幫了我們大忙！」

「欸欸，你和楊家主……聽說你們是家屬，那你知不知道……」

「對對對，我也超好奇的！你知不知道楊家主有沒有那個……吼，就是男朋友啦，她真的正到翻掉耶！」

「還有另一個長辮子的女孩也很棒，改天介紹一下行不行？我們可以搞個狩妖士聯誼！」

雖說是狩妖士，但一群人其實也只是年輕氣盛、對異性充滿興趣的大男生。

平時礙於規定和禮節，在客人面前哪敢那麼放肆。可現在眼前的也只是一名男孩子，既然都是男的，加上附近沒有其他人，因此他們才會那麼大剌剌、嘻嘻哈哈地問著平常不敢搬上檯面的問題。

一刻卻不想多廢話，不客氣地扔出白眼——有空在這問些無意義的事情浪費時間，是沒發現到符芍音的臉色看起來更白了嗎？

就在一刻打算誰也不甩地快步離開之際，前端驀然傳來一聲大喝。

「你們幾個！還在外邊做什麼？還不趕快進來！」

一望見從庭園大門內跑出來的，是個有著幾分霸氣、法令紋如溝壑的中年男人，幾名年輕狩妖士頓時噤若寒蟬，像是見到訓導主任的小學生似地，吭也不敢吭一聲。

只有一人弱弱地喊了聲，「羅長老……」

要不是一刻太不擅長記人，那麼他就會認出來，那名中年人就是昨日在本館裡追著符登陽從書房跑出來的人之一。

「得了，快給我滾……快進去就是了！」羅明棠大步走來，一邊罵罵咧咧地嚷。可是當他瞧見自己家族的弟子中，竟還摻雜了一大一小的兩抹白髮人影，他不禁呆了呆。

「小……小小姐!?」下一秒，羅明棠大驚失色地瞪圓眼，「小小姐，妳怎麼在這？妳又偷跑出來了？還把自己弄得髒兮兮的！」

這番話聽得一眾男孩一頭霧水。

「那個，羅長老……」有人遲疑地開口，「怎麼你……說得像是小小姐已經回本館，又跑出來一樣？」

「不是像，是本來就是！」羅明棠斬釘截鐵地說，「你們沒接到電話嗎？小小姐找回來了，她直到剛才都是待在本館裡的……真是的，那幾個不中用的混小子，居然又把人看丟，讓小小姐又跑了出來……萬一出事了怎麼辦？」

羅明棠越說火氣越大，一旁的符家弟子們卻是越聽越茫然。

他們面面相覷，最後目光不約而同全轉向抱著符芍音的一刻。

如果沒記錯，他們方才明明見到白髮男孩帶著小小姐從村裡的方向過來……

這邊狩妖士們還陷入思緒轉不過來的狀態中，另一邊的一刻目光一沉，不由分說地就往符家莊園直衝。

「喂、喂！放下我們小小姐啊，你這楊家的沒禮貌小子！」羅明棠在後頭氣急敗壞地怒吼，簡直像將一刻當成了綁架犯。

一刻壓根無暇理會，也沒心情朝後方怒吼一聲「老子姓宮又不姓楊」。他的心臟猛烈狂跳，從眼角處，他可以覷見符芍音安靜得像尊陶瓷人偶，只是兩隻小手還攀抱著自己。

符芍音的手指如同冰塊冰冷，不知是因爲摔進田裡、沾了泥水，或是身子骨天生虛弱的關係，又或者……

一刻硬生生打住接下來的思考，他不敢稍有遲疑地一路鎖定本館方向跑去。

還沒靠近，就能望見本館外待著幾人，像是在聊天。他們的表情都是放鬆的，沒了傍晚時的緊繃和憂心忡忡。

一刻知道他們是因爲符芍音被找回來了。

問題是……是哪一個符芍音？

剛剛那名中年人以爲是屋裡的又偷跑出去，可是一刻比誰都清楚，自始至終自己抱的，和對方說的，根本就不是同一個人！

既然如此，哪一個才是眞的？

一刻一跑上林蔭大道，本館大門前的三人也注意到他的身影。

其中一人馬上露出笑容，伸出手揮了揮，「嘿，白髮的！你終於回來了啊！你朋友和楊家主一直想出去找你，不過我們都勸他們多休息，一定會有人通知你回來的。要是出去，說不定就錯過了……你看，我就說……等等！爲什麼小小姐會……」

那人劈里啪啦說了一大串，臉上的笑容卻在看見一刻抱著的嬌小身影時，瞬間轉成震驚。

另外兩人也是滿臉不敢置信，他們看看身後的本館，再看看抱著符芍音越跑越近的一刻，彷彿沒辦法反應過來眼前是什麼情形。

最先和一刻攀話的人一個激靈，隨即朝本館內大吼，「裡面的人是怎麼顧的？小小姐又跑出來了你們還不知道！」

顯然這人也和羅明棠一樣想法，將一刻懷中的小女孩誤以爲是本館裡的那一個。

本館內霎時掀起一陣騷動，緊接著又是數人從屋內跑了出來。只不過他們的神情是僵硬的，甚至隱約透出一絲驚駭。

那些人盯著被一刻放下地的白髮小女孩，就像盯著某種可怕的存在。

然後，有人從屋子裡跑出來，是一刻熟悉的柯維安等人。

不像平時，柯維安的雙眼瞪得又圓又大；灰幻緊皺著眉，楊百罌面露驚疑；蘇染、蘇冉倒仍是面色平淡，唯有藍瞳格外深暗，像烙了陰影在上頭。

最後，是符登陽牽著另一抹嬌小人影走出。

一樣白髮、一樣紅眸，除了身上的衣物乾乾淨淨、沒有一點污泥外，那分明也是——符芍音。

從莊園外追進來的羅明棠等人正好撞見這一幕，他們就和其他人同樣當場瞠目結舌，忍不住倒抽一口冷氣。

竟然同時出現兩個符芍音！

「這……這是……」身爲代理家主的符登陽也呆愣住，他下意識放開牽在身旁符芍音的手，眼神錯愕地瞪著另一位符芍音。

「兩個小小姐!?不可能啊，小小姐又不是雙胞胎！」也在人群中的陸梧桐不經思考地脫口嚷道。

「白痴！你簡直蠢得沒藥救了！」伍書響後悔死自己爲什麼要和陸梧桐搭檔，這樣連自己也會被人當笨蛋的。

感受到諸多視線轉向他們，伍書響急忙拖著陸梧桐躲在人群後，用盡全身力氣向陸梧桐表達出「你他媽的不要再亂講話，閉嘴就好」。

一刻沒多注意他倆，目光在蘇染出來後，便沒有離開她身上。

縱然自鏡片後的那雙藍眸中讀出了什麼，一刻還是像要確認般開口了。

「蘇染。」

一刻只說了這兩個字。

而這兩個字，對作爲十幾年青梅竹馬的蘇染來說，已經足夠。

於是她上前一步，說：

「一刻，你牽的，是什麼東西？」

清冽女聲一落，楊百罌無視符家人駭然的表情，最快有了動作。

「汝等是我兵武，汝等聽從我令，裂光之鞭！」

早已預備在指間的符紙白光一閃，一條由光凝成的長鞭飛也似甩出。

與此同時，一刻身邊一直像尊人偶的符芍音也像被那女聲觸動，霍然大力甩開一刻的手。

但一刻豈會如她所願，他沒鬆開手，就是爲了有任何異變時，能第一時間扣住人不放。

符芍音發現自己掙脫不開，又見光之長鞭即將捲來，她猛地張開嘴，狠狠抓著一刻的手臂咬下。

「我操！」饒是一刻也沒想到這招，劇烈的疼痛讓沒防備的他一鬆手。

符芍音也立刻放開一刻手臂，嬌小的身軀閃過裂光之鞭，轉身就往無人的地方跑。

「小白！」

「一刻！」

白髮男孩手臂上鮮血淋漓，讓柯維安等人臉色大變，再也按捺不住地急欲衝上。

「馬的！」無視臂上嚇人的深深齒印，一刻眼一厲，長腿爆發力十足地一蹬，瞬間便縮短了自己和符芍音的距離。

一刻迅雷不及掩耳地疾探出手，粗暴地一掌扣住符芍音，重重將她壓制於地。

下一秒，本館前爆出了尖厲叫喊。

符家弟子們只看見嬌小人影像在打滾般地掙動，外貌逐漸改變。

受限於角度，他們並沒有看見一刻左手背布滿橘色神紋。

「呀啊——」外貌已完全不復見符芍音影子的身影尖叫著，它的頭部成了個粗糙的麻布袋，身上是連身吊帶褲和襯衫，從褲管和袖口冒出的是一束束乾黃稻草。

它本來是背對著一刻被壓制著，可它的腦袋卻冷不防扭過來，麻布袋正面直直撞進一刻的眼睛裡。

拙劣的蠟筆畫五官，就與一刻在稻田裡見到的一模一樣。

一刻震驚地張大眼。

「小白！」柯維安與蘇染、蘇冉往一刻方向跑來，但一聲冰冷的厲喊制止了他們。

「退下！」符芍音搶先足尖一點，像條閃電般掠出，「楊百罌，用符術！」

「汝等是我兵武！」

「兵武！」

凜冽女聲和童聲疊合一起，不約而同地催動咒語。

可說時遲、那時快，宛如小孩體型的稻草人猛地又爆出一聲長鳴。

「啊啊──」

像是喃誦，像是歌唱。

「乏月祭，不見月！」

符登陽身子一震，當即急急大吼，「芶音、百罌，先住手！所有符家弟子聽令，阻止他們！以我代理家主的命令！」

「代理家主」四字就像根棍子，重重砸了傻愣一旁的狩妖士們一記，也砸得他們回過神。

沒多加思考，包含長老羅明棠在內，所有人一窩蜂立刻圍上。

突來的重重干擾下，一刻、楊百罌和符芶音的行動被打斷了。

掙得空隙的稻草人不管頸項處幾個地方是滋冒著白煙，它脫出一刻的手，身子一扭，逃竄到空中。

飛到半空的稻草人咧開麻布袋上的嘴巴線條，童稚的聲音飄了出來。

「乏月祭，不見月。燈指路，山道行。符家人，保安康！」

小孩子嘻嘻哈哈地笑著，嘻嘻哈哈地唱著。

接著那詭譎身形越來越淡，終至融入夜色中，消失了蹤跡。

尖細的歌聲彷彿還留在本館外，久久不散……

符家弟子和長老個個抬頭，望著空蕩的夜空，臉上不外乎交織著怔然與不敢置信，眼裡似乎還隱隱燃起了狂熱的光芒。

「該、該不會……」

不知誰結結巴巴地喊了出來。

「守護神……傳、傳聞是眞的！」

在場人大多聽說過那個所謂的「傳聞」。

——聽說在乞月祭前夕，祠堂裡的守護神可能會耐不住寂寞地跑出來。

「而且那個模樣……那是祭典用的稻草人吧？」又有人喊。

「是利用那個作暫時的憑依嗎？」

「好了，大家聽我說！」符登陽舉起雙手，聲若洪鐘地安撫騷亂的眾人。

「大家都聽到剛剛的歌了吧？符家人，保安康，從這部分就能顯而易見，那位……想必就是我們符家所祭祀的守護神。會弄出這場騷動，該只是一場惡作劇，證據就是對方從頭到尾也只是變作芍音的模樣而已。」

符家人不是點頭稱是，就是暗暗對一刻投出了不滿的視線，像是介懷他之前逼得守護神發出尖叫的舉動。

兩道如出一轍的身影站出，剎那間阻隔在一刻與符家眾人之間。

蘇染、蘇冉面無表情，冷澈的藍眼蘊含著難以言喻的魄力，頓時逼退不少眼神。

柯維安自知身板小，一點也不適合「門神」的任務。他和楊百罌圍著一刻，一心放在包紮和止血上。

察覺到自家人浮躁的態度，符登陽高聲再說，「但要不是那首歌，我們也無法那麼快知道守護神的到來。楊家主他們也是善意，只是沒想到會是誤會一場，大家別多想。今晚大家都累壞了，趕緊回去休息吧。明日便是乞月祭，還請大家多多協助芍音！」

語畢，符登陽深深一鞠躬。

這番話不啻穩住了氣氛，也深得人心。

符家一眾頓時沒有再對一刻投予敵意，而是紛紛散開，各自返回家中，明日再前來本館集合。

「芍音，跟我進屋去！」符登陽拉住不動的符芍音，面容上沒了先前的溫厚，而是被一片嚴肅取代，「想想妳今天給人添了多少麻煩！別忘記妳還沒好好解釋，何況方才妳還差點攻擊守護神。」

「不是。」符芍音仰起頭，只說了平板冰冷的兩字，隨後手一抽，一溜煙奔進本館。

「芍音、芍音！妳這孩子……不要太不像話了！」符登陽怒氣沖沖地大步追進。

一下少了大半人的本館前變得冷清。

這時有兩抹人影卻是反其道而行，沒有離開莊園、也沒有進入本館，而是遲疑地接近一刻等人。

「喂，這到底是怎麼回事……」伍書響乾巴巴地問，「那個……那個真的是守護神嗎？」

「可是祠堂裡封印的不該是——」陸梧桐急吼吼地拉高聲音，但立刻被一顆飛射來的石頭打斷了。

抱著痛到發麻的小腿，陸梧桐不得不嚥下破口大罵，只因出手的是他惹不起的灰幻。從頭到尾都在冷眼旁觀的灰髮少年站定，居高臨下地看著坐在地上的一刻。

「怎麼回事？」

「靠夭啊，我才想知道怎麼回事……」一刻沒好氣地抱怨，臉上閃現過一絲疲累。

「一刻，我們先回別館。」蘇染眼尖地留意到，立即蹲下身，清冷的嗓音飽含滿溢出來的關切之情。

「對啊，小白甜心，你看起來快累垮了……有事還是回去再說吧。黑令也在別館，符廊香好像還在本館，不須顧忌她。」柯維安忙不迭地點頭附議，一邊用遺憾的眼神看著一刻綁在臂上止血的手帕。

菱紋圖案，簡單、素雅。

……他家小白最後居然選了班代的手帕而拒絕他的！蘿莉貓娘的款式明明很美好啊嚶嚶！

一刻才不想管柯維安臉上的失落傷心又是為了哪樁。

「沒關係，在這說也一樣，免得待會忘了細節。」一刻伸出手，表明自己的想法。

接下來，他簡單交代自己碰上那名「守護神」的事，還有田裡那些異況。

這番遭遇讓藏不住表情的伍書響、陸梧桐目瞪口呆。

那聽起來根本就是活生生的恐怖片現場了！

「我們打了電話，但轉語音。」蘇染若有所思地瞇起眼，「原本以為一刻你關機，或是手機沒電了。」

「啊！這麼說來，我也是！」柯維安頓地一擊掌，「發完LINE群組的訊息後，我也打算通知小白你，可是電話打過去卻是通話中……之後再打則是轉語音。就說小白你該換支智慧型手機了，這樣才不會錯過消息。」

「屁啦，你鐵定會用LINE騷擾我，而且手機能打電話就好。」一刻不客氣地橫了柯維安一眼，隨後發現楊百罌露出驚疑的表情，知道對方應該也從這番對話聽出異樣的地方。

果然，楊百罌很快斂了斂神色，嚴肅地說，「小白，你當時看手機是沒訊號，可是我們……我是說他們打給你，卻是顯示通話中，這很明顯……」

「明顯有東西動了手腳，讓宮一刻沒辦法與他人聯絡。因為一聯絡，就知道他那邊的『符芍音』有問題。」灰幻強勢插話，指出重點，「照這樣看來，在田間搞出那番無聊把戲的，估計也是剛才那個東西。」

「但它幹嘛要自導自演？」伍書響耐不住好奇地問道，換來灰幻不耐煩的斥罵。

「我哪知道？有本事不會自己去問？沒手沒腳沒嘴巴嗎？」

伍書響瞬間噤聲，就算有手有腳有嘴巴，他也沒那本事自己去問啊！

「就不知道……」柯維安抱著胸，沉吟著說，「稻草人的那個，和用通靈板召來的，會不會是同一個？兩邊都提到了對符家的仇恨……」

「無從判斷，當時我並未來得及看見被通靈板召來的靈。」蘇染神情平靜，可鏡片後的藍眸掠閃過剎那懊惱。

要是自己那時能夠看見，或許……

一隻手掌輕拍蘇染手臂，像是不經意的碰觸。

可是蘇染看見那個碰觸，是來自一刻。

白髮男孩的眼睛就像在說「別想太多」。

於是蘇染的懊惱就這麼被平息了，她想趁機握住一刻的手，只可惜對方的手指已然抽離，使得她表面故作無事，心中是暗暗扼腕。

「那結論就是今晚還是依計畫行動。」灰幻以不容反駁的語氣作結。

其餘人就像沒異議般保持安靜，除了伍書響和陸梧桐。

他倆只覺問號罩滿頭頂。

好端端地還在討論中，怎麼突然間就措手不及地跳到結論了？

還有那計畫到底是指什麼？爲什麼所有人都是一副「我知道了」的表情？

「靠！你們知道我們不知道啊！」陸梧桐沉不住氣地跳腳道：「計畫啥時擬的？具體內容咧？少唬爛我是無字天書！」

「你居然還知道『無字天書』這四字怎麼用？」伍書響震驚了。

換作平常，陸梧桐鐵定把炮口轉向伍書響，可是眼下他沒空，他正同樣震驚地發現——和伍書響不是同一個理由——自己被多道目光鄙視。

那些目光就像在說——

「我們沒告訴你們，你們當然不知道，而且你們也沒必要知道。」灰幻的身形雖給人單薄的感覺，然而他眼中那圈蒼白火焰，讓凝視者都能充分感受到恐怖的壓迫感。

灰幻冷笑，縮短了與陸梧桐之間的距離，逼得對方像受驚一樣一屁股跌坐在地。

灰幻傾俯下身，淺灰色髮絲順著臉邊垂落，將他年少的臉襯得愈發青稚，但灰瞳更駭人。

「接下來就沒你們的事了，乖乖顧好符芍音，誰知道今年乞月祭會再出什麼狀況！」

「你……」陸梧桐被激得想怒嗆，卻被伍書響截斷話。

「我們明白了！我和小陸知道接下來該怎麼做了！」伍書響斬釘截鐵地表態。

自從水中藤事件後，他就清楚有些事不是他們適合涉入的。況且那名灰髮妖怪也沒說錯，保護好小小姐才是他們符家人該盡的責任。

「不過……我能不能問最後一個問題……」伍書響小心翼翼地開口。這疑問憋在他的心裡，實在不吐不快。

「說。」灰幻僅吐出一個字。

「就、就是那個假的小小姐，那個稻草人，它眞不是……我們符家的守護神嗎？」伍書響語速飛快地說，就怕說得慢了，眼前一票神使公會成員就要轉身走了。

「別開玩笑了。」回答的是一刻，他疲憊但又陰沉地說，「那種狗屁玩意會是守護神？我不是說我在田裡也聽到歌嗎？就算在這裡是唱成『符家人、保安康』，但我在田裡聽到的可不是這麼一回事，我聽到的是……」

「符家人，拜著鬼。符家人，今償債！」

沒有人知道在本館外因稻草人歌唱而陷入騷動時，本館內的某個房間，卻是突然傳出一聲重響。

但因大多數人都跑到外邊，這聲疑似有人跌落地的重響，並未被誰注意到。

昏暗的房間裡，有抹人影蜷縮在床邊地板，周圍還凌亂地散布著不少東西。顯然是人影摔下床時，一併將東西撞得翻落。

人影瑟瑟顫抖著，頸後不知爲何竟冒出絲絲白煙，宛如遭到可怕的高溫灼燙。

好一會兒，人影就像撐過了痛苦，身體也不再顫抖。

她慢慢撐起身子，爬回床鋪。就著屋外透進的些許燈光，低頭看著自己的手指。

那十根指頭乾瘦如枯木，看起來好不嚇人。

她看著看著，忽然嘴角僵硬地往兩邊扯高，逐漸形成了像是笑容的弧度。

「哈……呵呵……」人影將臉埋入掌心內，發出了嘶啞難辨的笑聲，「乏月祭，不見月。燈指路，山道行。符家人，拜著鬼。鬼啊鬼……」

她張開手指，從指縫間可以見到一隻人類不可能會有的眼睛。

那隻眼睛沒有眼白、眼珠之分，而是被一片淡淡的幽藍色澤布滿。

「現在……鬼回來找符了……」

第七章

是夜，符家別館和本館皆熄了燈火，唯有外牆的照明設備仍然盡職地發亮。

經過一整晚的勞動與折騰，符家莊園裡的人大多早早進入夢鄉，也好為明日的乏月祭備足體力。

但在別館中，卻有幾人依舊保持清醒，靜待著約定好的時間到來。

柯維安檢查自己的包包，確定筆電安穩地躺在裡面，也沒有遺漏擱在床頭的手機。

他一身適合活動的輕便服裝，完全不像要準備上床入睡的模樣，反倒更像打算執行什麼計畫。

柯維安的確是要去執行灰幻之前就擬定好的夜探符家本館計畫。

看著手機上的數字從1跳到2，柯維安深吸口氣，毫不猶豫地揹起背包，悄聲打開自己的房門。

凌晨兩點，正是約定好的集合時間，也是一般人進入深眠的時間。

柯維安剛打開房門，就見到走廊上亦有其他房門打開。

是一刻和楊百罌。

雖說四樓只有自己、一刻、楊百罌和黑令入住，柯維安還是放輕了音量。

「班代，妳怎麼也出來了？灰幻不是說妳和黑令都不用去嗎？是說黑令根本不用擔心他會去嘛……」

「我沒有要參與行動，我只是出來看看，就只是出來看看。」楊百罌強調地說。

但在柯維安聽來，就是有種欲蓋彌彰的意味。

柯維安繃住臉，不讓自己八卦地竊笑，免得招來楊百罌冷颼颼的視線，和一刻「你是沒吃藥嗎？」的目光。

「放心啦，我一定會保護好小白的。」柯維安抬頭挺胸保證。

「放你媽的屁，你主受詞完全顛倒了吧？」一刻毫不客氣地拆台。將想嚶嚶撲過來的柯維安擋下，他轉望向楊百罌，「妳先回房裡去吧，眞有什麼問題，會再通知妳。」

「小白，灰幻和你家青梅竹馬在樓下等了。」柯維安就著彆扭的姿勢，覷見了樓梯間的三條人影。

一刻朝楊百罌點點頭，不多浪費時間地便要下樓和灰幻他們會合。

楊百罌無意識地捏住手指，像費了一番力氣般倏然開口。

「……不會有事。」

一刻和柯維安雙雙回過頭。

楊百罌的僵硬之色褪下，她直直望著一刻，堅定地說：「你們……不會有事的。」

一刻先是一怔，接著露出笑，就像贊同褐髮女孩的話。

「那當然！就說小白有我保護，不管是節操或貞操，通通都交給——」

柯維安自信的笑容轉瞬間變成扭曲的表情。

一隻手臂強橫粗暴地勾住柯維安的脖子，不給他把話說完的機會，一把將人拽往樓下。

要不是礙於夜間時分，弄出太大聲響說不定會吵醒同住別館的符廊香，一刻早就一個頭鎚狠狠地撞上柯維安的腦袋。

先不管貞操，節操那玩意……

柯維安那混蛋還是他X的自己先撿一撿吧！

在肚裡將髒話跑過一輪，一刻也不管柯維安是不是被自己勒得臉色發青、呼吸困難，拽著人來到了三樓，和蘇染、蘇冉、灰幻會合。

灰幻無視柯維安似乎想向自己求救的表情，他張開掌心，細小的灰色結晶平空浮現，像是鎖鍊般連成長串，眨眼間又變換了幾個形狀。

當灰幻驀地握住手指，所有人都知道這就是信號。

——他們身周已環起一個聲音不外洩的結界。

縱使經過符廊香居住的二樓，再到一樓打開大門，也不用擔心會製造出任何多餘的音響。

毋須多言，神使公會的成員們即刻依照計畫行動。

明日就是乞月祭了，本館屆時也會擠滿和祭典相關的人員，那時就算想潛入，也不方便進行搜查。

而今夜的本館僅剩寥寥幾人，無疑是大好時機。

因此灰幻才會決定趁深夜，帶領一刻、柯維安和蘇染、蘇冉夜探本館。

雖說灰幻在指派人做事時，是不管男女性別，不過這回他挑了一刻等人，卻是自有一套理由的。

黑令與楊百罌是黑家和楊家的代表，稍有不慎，可能會牽扯到背後的龐大家族。

況且夜探他人屋宅，可不是什麼光明正大的行爲，灰幻雖對狩妖士沒什麼好感，卻也不打算讓與公會交好的楊家，以及素無過節的黑家難做人。

所以這次的夜間行動才會排除了黑令和楊百罌。

一行人俐落無聲地離開別館，來到本館後方。

這段不到五分鐘的路程，即使是柯維安，也不至於跑得上氣不接下氣。他十足展現了引以爲傲的爆發力，絲毫沒有落後眾人。

在本館外站定，柯維安從背包裡掏出了幾張圖紙，上頭的筆跡雖然歪斜、像是小孩子沒掌控好力道的結果，可那的確是建築物內部的平面圖。

那是柯維安利用點……小手段，從符芍音那邊得來的。

「畫得挺醜，不過還能用。」灰幻語帶嫌棄地說。

「那什麼話？這美妙的程度，絕不輸蒙娜麗莎的微笑好嗎？」柯維安立刻不平地抗議道。

一刻翻了翻白眼。

有人是爲愛盲目，柯維安則是爲蘿莉盲目。

不過一刻沒吐槽，反倒話鋒一轉，「我們在半夜做賊……確定不用通知符芍音什麼嗎？好歹她也知道乞月祭一定有古怪，也算知情人士吧？」

「首先，你要潛入那小鬼的房間叫她嗎？」灰幻冷冷一笑。

一刻皺皺眉，這想法光聽就覺得很變態，簡直像是去夜襲一名九歲女童。

「不行，禁止一刻夜襲他人，這是違法行爲。」蘇染推推眼鏡，藍眼嚴肅銳利。

「夜襲我們，可以。」蘇冉也出聲表態。

「幹！你們兩個都給老子閉嘴！」一刻青筋暴起，雙手各惡狠狠地搗上青梅竹馬的嘴，以免他們再冒出更多令人理智線斷裂的發言。

夜襲他老木！爲毛只能限定夜……操操操操操！我誰都不想夜襲！

發覺自己的思緒無意中偏離了，要不是時間地點不對，一刻簡直想仰天怒吼。

可是很快地，一刻又注意到一個異狀。

遇上這種話題，柯維安居然沒有自告奮勇地舉起手，踴躍展現他的意願，這不科學！

拋給蘇染、蘇冉警告的眼刀，一刻狐疑地盯住抓著平面圖研究的娃娃臉男孩。

就連灰幻也感覺到不對勁。

「柯維安。」公會的特援部部長挑高眉，「你竟然不主動扛下夜襲的工作？」

「什……」話剛出口，柯維安就自覺太大聲地掩住嘴巴，隨後像是吐大氣般說：「你們把我當什麼人了？這種事情，我……也只是偶爾在腦中想想而已。犯罪的事，正直好青年的我才不會去做！」

一刻和灰幻嚴正地用眼神表示他們不相信。

「嗚！」柯維安摀住胸口，擺出受傷表情。可緊接著，他就正正神色，示意自己接下來說的話是認真的。

「我……嗯，我覺得還是別聯絡小芍音好了。我不是跟你們說過，我在祠堂附近找到小芍音嗎？她看起來很正常、沒有問題，也能召出她那把斬馬刀……可是，我總覺得有什麼說不上來，就是……好像有哪裡不對的地方。」

一刻沒有特別詢問蘇染，假使後者真從符芍音身上「看」出異樣，一定早就說了。

「唔，大概就像是有個齒輪不對一樣。」柯維安再補充道，只可惜這說法並沒有更清楚地解釋出什麼。

蘇染、蘇冉沉默，他們是以一刻的意見爲行動方向。

一刻和灰幻交換一眼。

「繼續維持原計畫。」灰幻說，他本來也沒有找上符芍音的打算，「柯維安，圖沒問題吧？那塗鴉似的玩意，只有你能看懂。」

「因爲我有一顆和小天使們相通的心。」柯維安驕傲得意地說。搶在眼刀或白眼射來前，趕緊指著最上面的圖畫紙，「灰幻、小白，還有小白的青梅竹馬，你們看。本館後面其實有扇小門，不過很少人用，加上又被密密麻麻的植物蓋住，就成了小芍音常用來玩捉迷藏的通道。」

柯維安摸出手機，往本館後側外牆一照，讓人看得更清楚。

符家本館攀繞著大量爬牆虎，後方尤爲驚人，幾乎把牆掩蓋得快看不出碧綠以外的顏色。

這樣的情況下，的確很難發覺這裡有一扇小門。

柯維安將手機光大致掃射過去，一下子就在茂密的藤蔓葉片中找到小門的輪廓。

門是上鎖的，但這難不倒決意要入侵的一行人。

灰幻只一眼便鎖定鎖頭位置，下一秒，他手指併攏，細瘦的五指化爲鋒利石刃。

「唰」地一聲。

轉瞬間就將門鎖俐落快速地徹底破壞。

灰幻拉開門，門內流淌的是一片幽黑。

「我們直接到三樓。」柯維安迅速換了張紙，即使在別館時已推演過一次，他還是快言快語地重複說明流程。

「根據小芍音的情報，符邵音的寢室、書房，還有主要活動區域，都是在那。特別是前陣子倒下後，凡是清醒時間，不外乎都待在自己的房間和書房裡。不過房間的入侵難度有些高，所以首要目標是書房。」

「自己行動當心，我不會在裡頭設結界。」灰幻說，「在符邵音的領域裡再發動結界，等於向主人宣告這裡擺明有問題。」

「知道了。」一刻點頭。

「同樣。」蘇染、蘇冉也無異議。

「啊，還有最重要的一點。」柯維安嚴肅地舉高了手機，「大家的手機千萬記得要調成無……」

柯維安的話都還沒說完，被他高舉的手機冷不防先鈴聲大作，與音樂一塊流洩出來的，是稚氣童音唱的歡快歌曲。

萬籟俱寂中，只要有一點聲音都格外清晰，更何況是手機鈴聲，簡直就像一口氣放大了無數倍。

媽啊！柯維安當下臉色大變，以驚人速度將音樂按停。

四周再度恢復寧靜。

柯維安抓著手機，娃娃臉發白地看著眾人。即使剛發生了那齣意外，他還是結結巴巴地把未盡的話擠完。

「總……總而言之，就是要調成無聲。剛剛那是錯誤的示範，大家千萬別學習……還有，灰幻不准用石頭砸我！我真的不是故意的，我沒功勞也有苦勞啊！」

「哼。」面對柯維安氣聲地苦苦哀求，灰幻從鼻子裡發出哼聲，但也沒真的將石塊往柯維安身上招呼，顯然考量到對方還有用處，尚且算是一員戰力。

「柯維安，誰打來的？」一刻更在意的是另一點。

現在可是半夜兩點多，不是什麼下午兩點……有誰會挑在這種時間點打電話？

如果不是沒常識……就一定是有非打來不可的事。

「咦？啊？」柯維安也立刻意識到這點，忙不迭地再滑動手機，一雙眼睛旋即瞠大，「是……是狐狸眼的，是副會長！」

「安萬里？」灰幻大皺眉頭，不理解名義上也算自己上司的安萬里，怎麼會突然打來。

「嗯，真的是他……」柯維安將手機展示給眾人，「我記得他和紅綃去找情絲一族了……

該不會，是有什麼重大進展吧？灰幻，要我回撥嗎？」

「要是有什麼重大進展，等他講完，我們的正事也用不著辦了。」灰幻想也不想地否決。尤其是安萬里說話有時還喜歡彎彎繞繞的，他們現在可沒多餘的時間，「柯維安，傳訊息給他，叫他把想說的事用訊息傳來。順便告訴他，我們在忙。」

「喔，好。」柯維安依言照辦，他的手飛快點按，沒一會兒就發出訊息。

見狀，灰幻做出個手勢，要蘇染、蘇冉兩人負責前鋒，好充分發揮他倆與生俱來的優勢。

當門板重新關上，繁茂糾結的攀緣植物又垂回原位。

像什麼也不曾發生過。

今夜符家本館的人員相當少。

除了符邵音、符芍音、符登陽之外，就只剩下寥寥幾名僕役。

這是因爲乏月祭前一夕，本館要保持清靜，讓祭典主祭不受打擾，能好好沉澱身心。

僕役房在一樓邊角位置，二樓是符登陽與符芍音的房間，三樓才是一刻等人的目標。

憑著柯維安手上的平面圖，一夥人順利穿過一樓複雜彎繞的廊道，找到通往二樓的樓梯。

最後在悄然無聲中，他們抵達了三樓。

不同於底下複雜的樓層，三樓廳房的分布倒是相當簡明。

「再像迷宮的話，我的頭眞的要暈了……」柯維安收起圖紙，用氣聲說。

書房就在盡頭，接下來也不須再用上平面圖了。

一刻給了柯維安一記「安靜」的眼神，畢竟現在的行爲就跟作賊差不多，任何一點聲響都可能驚醒屋內人。

特別是這屋子裡還有狩妖士。

誰也不能肯定，狩妖士的感官敏銳到什麼程度。

因此最保險的方法，就是別發出聲音。

明白一刻的顧慮，柯維安趕緊在嘴巴前做了個拉上拉鍊的手勢，但還是忍不住好奇地掏出手機，開了手寫模式在螢幕上寫下自己想問的問題。

小白，第一次夜襲會緊張在所難免。是說你的青梅竹馬看起來好熟練，感覺已經做過N次了？

——因爲他們確實做過N次！實行地點還是他家、他的房間！

光是回想起過去經驗，一刻就覺得心很累。他用一個堅定冷酷的眼神，向柯維安表達他不想多談。

柯維安認眞盯著一刻的臉，然後也回予「沒關係，我能理解」的眞誠目光。

幹！你到底是理解出什麼蛋了！一刻吞下話，扯住柯維安，大步跟上灰幻。

書房門上了鎖，假使照之前的做法破壞門鎖，無異是在第一時間向人透露書房遭人闖入。

灰幻逕自走向前，他的手指部分化成細微的沙石，飛快往鑰匙孔灌進。

緊接著，所有人看見門把自動地轉動，不明顯的解鎖聲隨之響起。

書房門被打開了。

若不是場合不允許，柯維安真想吹聲敬佩的口哨。

將幾名神使粗魯地趕了進去，灰幻將書房門關起。

幸虧這門的門縫極細，書房內又鋪著地毯，隔絕了燈光外洩的可能。

就算打開燈，從走廊上也看不出什麼端倪。

有了足夠的燈光照明，一刻等人做起事也變得麻利。

書房不小，多個大型書櫃林立，櫃裡密密麻麻放滿書，從排列上可以看出自有一套擺放規則。藏書之多，乍看下就像一座小型圖書館。

毋須多餘言語，眾人馬上分工合作，細細搜查起每一個角落，試圖找出與壬月祭和情絲有關的蛛絲馬跡。

然而這件事，似乎比想像中還要困難。

即便先從書名上排除了毫不相關的書籍，但將書櫃整個找遍，書桌也被檢查個徹底後，一刻等人仍一無所獲。

「乞月祭不可能毫無記錄，除非相關資料放在符卲音房裡……」柯維安略微焦躁地咬著手指。

這動作被一刻見到了，馬上惹得他皺起眉頭，「別咬手，都幾歲了。」

「小白，你眞像媽媽……哇！我只是開玩笑的！」眼見白髮男孩眸中閃過凶光，柯維安反射性摀頭閃避，卻沒想到退得太急促，一個沒站穩，就要往後頭的書櫃撞。

本來就沒要動手的一刻一驚，趕忙長臂一伸，抓住了柯維安的衣領，總算避免櫃裡的書被撞得砸滿地的情況發生。

抓住人的和被抓住的都不禁鬆了口氣。

但事情往往會出點意外。

在柯維安慶幸地拍著胸口的時候，上方書架霍然掉下一本書，先是砸上他的頭，最後砰地落在地毯上。

這突如其來的一下，砸得柯維安差點飆出眼淚。他抱著腦袋蹲下，可憐兮兮地悶聲喊痛。

「痛完了就快點起來做事，再重新把這地方檢查一次。」灰幻毫不同情地說，「我們不需要不做事的傢伙。」

自覺有部分責任的一刻，安慰地拍拍柯維安的肩，接著拾起那本砸中柯維安的「凶器」。

剛把書拿在手中，一刻就發現到一個不對勁之處。

這是本植物圖鑑百科，從外觀看，就是一本又厚又重的精裝書。

由於怎麼看都不像與乏月祭或是情絲有關，所以直接被歸類在不須檢查的範圍。

可是現在，一刻覺得他們或許該檢查看看。

這本百科全書太輕了，絲毫不若外表應有的沉重。

「小白？」

「一刻？」

沒有回應身邊人的詢問，一刻馬上翻開書。

霎時，所有目光都緊緊盯在那本書上。

柯維安甚至輕輕抽了一口氣。

那才不是什麼植物圖鑑，而是偽裝成書籍的盒子，挖空處靜靜躺著一本巴掌大的手札。

手札表面與側邊皆陳舊泛黃——那不是短時間能造成的。看樣子，它已經存在相當長一段時日。

「柯維安，把它拿出來看。」一刻催促道。

「哎？我嗎？」

「廢話，是你撞出來的，就由你負責。」

「那……那我要打開了？」

見灰幻也沒有意見，柯維安小心翼翼地捧著手札，翻開第一頁，上頭只凌亂地簽寫了一個日期。

柯維安飛快推算，眸子睜大，「日期是二十年前……難道說……」

柯維安嘴上不停，手上的動作也沒慢下，馬上往下一頁翻去。

隨著頁數越翻越多，周遭氣氛也就愈發凝滯。

手札裡並沒有提到任何關於乏月祭的記載，可是卻有著詭異的手繪塗鴉——符號、人形、疑似陣法的輪廓——以及潦草到難以辨認的隻字片語。

那字跡實在太過潦草，就算是蘇染也只能搖搖頭，最多是看出了「人偶」、「血」等幾字。

「這是……符邵音的筆跡嗎？」一刻皺眉問道。

「我沒印象……」在場唯一與符邵音稱得上有較多接觸的柯維安也搖搖頭，臉上一片茫然。

但不管能不能完全辨認出上頭的文字，所有人都有一個共同的感受。

這本手札透露出的意味，是如此古怪、如此不祥。

柯維安繼續往後翻，剩餘不多的紙張上，陸續出現了人名。沒有姓氏，僅僅是名字。

從這裡開始，字跡不再過於凌亂，讓人一眼就能看懂。

有的是一頁寫上兩、三個，有的是只有一個。而這些名字的共通點，都是下面被打上一個歪曲的「X」。

柯維安心跳加快，莫名有種不安感。他一邊唸一邊數，等數到第十二個時，最末僅存的幾頁卻是一片空白。

記錄到此爲止。

「沒有了……不對，是被撕掉了！」柯維安眼尖，頓時發現到不自然之處，「最後一個名字後面那一頁被撕掉了！這裡，這裡有撕過的痕跡！」

一刻等人也看清了。然而就算他們是神使、是妖怪，也沒辦法改變紙上的資訊已經消失的事實。

「可惡，要是師父在的話……」柯維安懊惱地喃喃，「會被撕掉就表示上頭應該寫了什麼，否則照常理說，要撕也該撕最後一頁……」

「還有一個問題。」蘇染冷靜地說，「那些名字，你們認爲會是什麼？」

愣怔只是瞬間的事，下一剎那，眾人不約而同地回憶起昨夜的孩童亡靈。

它們說，是符殺了它們。

它們說，它們是被符封印住。

「該不會……」一刻嘴巴發乾，「有五個名字，就是昨晚那些……小鬼的？」

「符家的祠堂。」灰幻驀地開口，他神情陰沉，「裡頭供奉了許多石頭，但是體積較大、明顯是祭祀對象的，有七個。」

「是符的錯，符困住我們，不讓我們走……」

「我們想要爸爸、媽媽、哥哥、姊姊、弟弟、妹妹，但我們沒有。」

「但我們被埋在土裡！」

「我們的碎片散落在符不知道的土裡啊，符沒有收集完整……」

「為什麼要阻止我們……明明就是符的錯，是符殺死了我們！」

如果說石堆塔是屬於不完整的五名小孩亡靈的封印，那麼祠堂裡的那七塊石頭……是不是就是手札上寫的另外七個名字？

「見鬼了……」一刻嘶啞地說，「符家在二十年前，到底是對那些小鬼做了什麼？還弄了祠堂封印它們……」

「要是照小鬼的話來看，就是符家有人殺了它們，再封住它們的靈魂，以免它們報復。」灰幻淡淡地說。他畢竟是妖怪，人類的生與死無法觸動他太多，「宮一刻，你不是說還聽見另一首歌？乏月祭，不見月。燈指路，山道行。符家人，拜著鬼。符家人，今償債。」

「唱那首歌的，究竟是誰？」蘇染清冷的嗓音緊接在灰幻之後。

「記錄只有十二人。」蘇冉就像知悉蘇染內心的想法，沒有時間差地接上句子，「石頭七個，昨夜亡靈五個。」

「加起來正好十二人。原本我們以為，那是沒有被封印到的漏網之魚。」蘇染再說，藍晧犀利剔透，「但手札上的人名推翻了我們的猜測。既然如此，那東西到底又是什麼？」

「等等，會不會被撕掉的那頁也寫著名字？」柯維安倏然低呼，「是的話，就表示真的是沒被封印到的那條魚了。」

「然後問題就回到原點。」一刻嘆息地提醒道。

柯維安閉上嘴巴。他們不是張亞紫，誰也沒有那種能從物品中取得資訊的能力。眼看事情的進展又撞入死胡同，柯維安垂頭喪氣地垮著肩膀，手指也無意識地摩挲著手札內頁。當他的手指撫過人名之際，他突地一個激靈，背脊隨之打直。

「筆！」柯維安喊道，眼中有光。

「什麼？」

「小白，你們誰身上有帶著鉛筆？快快快。」

「靠，誰沒事會帶枝鉛筆在……」

「我有。」蘇染說，「鉛筆、藍筆、紅筆、黑筆，我都有。」

一刻瞪大眼，望著自己的青梅竹馬，險些就想脫口問出「妳沒事帶那麼多筆幹嘛」，可是猛然又記起對方隨身攜帶的兩本小冊子，於是什麼都不想問了。

接過鉛筆的柯維安快步走至書桌前，將手札攤平，在寫著第十二個人名的下一頁，迅速輕巧地塗抹起來。

「我剛發現到了，手札主人寫字時相當用力，除非紙下特地墊著東西，否則字跡應該會透到下一頁去。」

鉛墨的灰色很快佔去半面，隨後在柯維安的塗抹下，逐漸浮出白色痕跡。

柯維安大喜，手上速度也加快。

然而等到刻印在紙上的兩個字一口氣呈現在眾人眼前，鉛筆霍然從柯維安手中脫落，再從桌面邊緣滾落地面。

但柯維安像毫無所覺，原本眼裡的光采凍住，視線死死瞪著自己塗抹出來的那兩個字。

不是什麼艱澀難懂的字，卻讓他感到一股恐怖的顫慄，從腳底一路貫穿到腦門。

被撕掉的第十三個名字是——

維安。

第八章

乍見那個人名躍入眼底，一刻愣住了，幾乎反射性地看向擁有同樣名字的柯維安。

當一刻瞧清對方的表情，他一驚。那張娃娃臉白得嚇人，彷彿下一秒就會站不住腳般往後跌坐。

這念頭剛在一刻腦海閃逝，柯維安真的像剎那間被抽光力氣，雙腿猛地一軟，眼看就要重重砸在地上。

「柯維安！」一刻眼疾手快，飛也似地拽扯住柯維安。

身為女性的蘇染更是細心，立刻將被推遠的椅子拉近，讓一刻可將人安置坐下。

「爲什麼會出現這兩個字？」灰幻的面色沉得不能再沉，眉宇間像擰了好幾個結。

不論是何原因，這種場合下見到自己熟悉的名字出現，總會令人感覺大有蹊蹺。

「柯維安，你還好嗎？」一刻在柯維安身前蹲下，不讓自己的身高在這時候對對方造成壓迫感。

面前娃娃臉男孩的臉色看起來已經夠糟了，簡直就像掉入水裡，飽受驚嚇的小動物。

「先冷靜點，那只是剛好和你的名字相同。」一刻緊盯著柯維安的眼睛安撫道。

「但……但是……」柯維安急促地喘著氣，似乎不這樣做，就無法好好呼吸。他不自覺地抓住一刻的手，眼中滿是慌亂。那兩字帶來的衝擊，就像有人重重往他胸口揍一拳。

他想到昨夜只有自己聽見的耳語，小孩震驚又不甘的嗓音，就像毒蛇在耳邊嘶嘶吐著氣。

「我記得你了，我認得你了……維安，爲什麼只有你還活著？」

柯維安本想將這事壓在心底，不跟人透露，因爲那太詭異了。

可是現在，他卻在一本可能就是乏月祭眞相的手札上，看見了和自己一模一樣的名字。

「小白，我……」柯維安乾巴巴地擠出聲音，拚命想把內心的退縮給壓下。他必須說出來，這已經不止是他一個人的事了，「他們……不對，是他……他那時候說，他認得我……」

「誰？」一刻沒有抽出自己被攢握得發疼的手，雙眼沒有離開柯維安。

如同感受到無形的安撫，柯維安吸了一口氣，極力擠出那些哽在喉頭間的字句。

「體內有情絲碎片的……那個亡靈……他最後倒向我的時候，對我說了……他認得我，記得我了，他問我……」

「問你什麼？」

「問我……爲什麼只有我還活著？」

柯維安像使盡力氣般吐出最後一句，隨即閉上眼，怕聽見身邊有人質問自己爲何要瞞到此刻才說。

他知道自己很卑鄙，總是想知道別人的事，卻對自己的事隻字不提……

房裡被沉默籠罩了好一會兒。

就在柯維安以爲自己會被這份沉默壓垮之際，有人說話了。

最先出聲打破僵局的還是一刻，「所以你昨夜昏倒，除了體力不支外，另一個原因其實就是這個？」

「……是。」柯維安很沒底氣地承認了。

「柯維安，你還記得你剛翻到的日期是幾年前嗎？」

「咦？啊？」以爲會被嚴厲逼問的柯維安，沒想到一刻會天外飛來這筆，他張開眼，茫然地眨了眨，還是下意識地回答了，「二十年前的……」

「二十年前你幾歲？」

「什麼幾歲，我那時應該還不到幾個月……呃……」柯維安霍地睜大眼，終於發現一個不合常理的地方。

「你的算數這麼差，帝君知道嗎？」灰幻抱著胸，扔來了冷嘲熱諷。

「慢著！雖然我是文科的，但我數學可是還不錯，是師父手把手教出來的。雖然她老是喜歡在教我加法的時候，拿酒和書來做實際演練。」從衝擊中緩過神的柯維安立即反駁。

加法？那是小學吧？一刻嚥下吐槽，既然柯維安有精神了，就表示情況沒什麼問題了吧。

其實他剛剛也一樣，「維安」兩字深深震住了他，讓他不由自主也以爲柯維安和那些童靈有什麼關係，反倒忽略了最大的盲點。

想到這，一刻暗中朝蘇染、蘇冉點個頭。要不是他倆提醒，自己還眞是一時沒發現到。

接收到的蘇家姊弟顯然懂得一刻舉動的原因，兩雙相似的淺藍眼珠裡掠過柔和的光采。

「柯維安。」一刻突地又說道：「我只有一個問題想問你。」

「愛過，現在也愛。」

「……啥？」

「呃，小白你不是要問我愛不愛之類的問題嗎？因爲電視或小說通常出現這種句子的時候，不都是這樣的嗎——我只有一個問題想問你，你有沒有愛過我？」

「你說的也挺有道理的……你以爲我會這樣講嗎？愛你妹！誰愛啊！」一刻沒好氣地站起，雙手粗暴地揉亂柯維安的頭髮。過重的勁道讓後者悶聲哀叫，卻也不敢眞將聲音嚷出來。

畢竟他們可是還在別人家的書房裡。

「我要問的是。」一刻放開柯維安的腦袋，彎低身子，一雙眼睛瞬也不瞬地盯著人看，「你曾在符家待過一次，當年你又是幾歲？」

「就是……也和那些小孩亡靈外表差不多的年紀，五歲還是六歲左右。」

「那不就得了？人家是二十年前五、六歲，你是十五年前，時間和年紀算起來根本就對不上。你的腦袋平時也挺靈活的，爲毛是這時候當機？」

「因爲不小心載片載到了木馬……呸呸！不對，大概是太衝擊了，我本來也該清楚時間點不對的。」

「那你還擔心個屁？」一刻作結地說道。

「可是名字……」柯維安心裡明白歸明白，但那兩個字就是異常扎眼，像根刺一樣戳在他的心尖上。

「有另一個可能性，當然也只是靠至今線索得出的推論。」蘇染推扶了下眼鏡，將桌上的手札接過，遞給蘇冉。

蘇冉默不作聲地掏出手機，開始將每一頁都拍下來。

目睹此景的灰幻在心裡讚賞著兩人的仔細。

「可能性？」柯維安忍不住挺直身子。

「時間點既然不合，那麼可能、也許是當年亦有個叫『維安』的小孩，也有著和你類似的特徵，才會使得那名亡靈誤認爲是你。」蘇染有條不紊地說道：「我的推論大致就是如此。」

一刻點點頭，也同意這個論點，否則還眞沒理由解釋得通。

利用一刻等人說話期間，蘇冉也迅速確實地將整本手札的內容都拍下，存進手機裡。

很快地，被擦掉鉛墨痕跡的手札被重新放回原來的位置。

那本植物圖鑑百科也像未曾被取出般擺立在書架上。

正當一行人準備直接從書房的窗戶離去之際，蘇冉忽地轉頭看著門口。接著，他沉靜地開口：

「有人，過來了。」

「動作快！」灰幻眼一沉，冷酷無情地就要先將柯維安踢下窗。

「哇！等……萬一來的是符邵音呢？」柯維安緊抓著窗框，匆促地喊出一個讓灰幻愣怔一瞬的問題。

萬一是符邵音呢？

清醒的，而且主動前來的符家家主……

「逼問！」灰幻二話不說有了決定。他扯回柯維安，果斷地下達指示，「關燈，躲好了，靜觀其變。」

眾人嚴陣以待，一道放輕但仍能捕捉到的腳步聲在書房外停下，隨之而來的竟然是細微的敲門聲。

叩、叩、叩。

這什麼情況？一刻呆滯地望著柯維安，後者也回給他一個差不多的表情。

「敲門落點位置在高度三分之二左右，判斷不是符芍音。」蘇冉說。

「符邵音是書房主人，她有鑰匙。」蘇染也說。

換言之，扣除掉那兩人，來人最有可能會是……

「符登陽？他來幹什麼？」柯維安無聲地喃喃道。

而那特意敲門的舉動，就像是已經知道書房內有人，才會藉此提醒自身的到來……

「他葫蘆裡在賣什麼藥？」一刻問道。

柯維安搖搖頭。

下一剎那，公會眾人又聽見了壓低的聲音傳來。

門外人說：「我有事想和你們談，公會的各位。」

對方果然知道他們在裡面！

爲什麼？怎麼知道的？灰幻沒有多花時間思考這些問題，他的眼瞳閃過凌厲危險的光。被動行動不是他的習慣，主動出擊才是他的作風。

「你們幾個到下面等我，我來看看符登陽在弄什麼玄虛。」

「但是灰幻……」

「閉嘴，要我再說一次是誰地位高嗎？不自己動的話，就等著被我踹出去！」

灰幻下達的通牒收到了效果，幾名年輕神使立刻依言行動。

待最後一人的身影消失在窗外，灰幻利用由掌中浮出的細沙開了門。

走廊上的燈還亮著，書房內則是一片幽暗盤踞，但仍可以看出裡頭站立一抹少年身影。

灰幻的面孔大多隱在陰影裡，鑲著一圈蒼白的眼珠宛若在發亮，那圈白色眞的像火焰燃燒而閃動著微光。

詭譎的景象讓門外的符登陽一驚，隨後他穩下心神，朝灰幻點點頭，走進書房內。外表看起來年輕健壯的符家代理家主打開書房的燈，將房門掩上。

「我以爲，會有更多人的。」符登陽斟酌著用詞。

「無論幾人都與你無關。」毫不將屋子主人之一放在眼裡，灰幻態度不耐地環著胸。

「我覺得我應該先說的，關於我爲何知道書房裡有人一事。」符登陽也不在先前的話題上打轉，直接表明自己前來的理由，「我在這裝了竊聽器。」

灰幻眉毛挑起，在陰暗中顯得冷峻的眼神筆直地落至符登陽身上。

符登陽似乎感到畏縮般退了一步，可是很快地，又穩定心神。

「我的母親不知道這件事。」符登陽說，「我聽見你們在查乏月祭……事實上，那也是我想知道的部分之一。」

「部分？那什麼是主要呢？不須在文字上彎彎繞繞，省了廢話吧。你會找來，就表示你抱持著某種目的，想對我們提出某個要求，否則也不用特地到書房說有事相談。」

灰幻的一針見血和犀利，讓符登陽露出苦笑，同時也顯現出灰幻所言無誤。

他的確是有事相求而來。

「灰幻先生。」縱使面前少年的外貌比自己小上許多，符登陽還是相當有禮地使用了尊稱，「我不會把你們闖入家母書房的事說出去，可作爲條件交換，我希望你們幫我調查……我的母親。」

乍聽到這個匪夷所思的要求，饒是總板著一張臉的灰幻，也不禁眼神閃動一下。

符登陽居然想調查自己的母親？想調查符家家主，符邵音？

「理由。」灰幻單刀直入地問道，沒有反問憑什麼他們得幫忙。

對於灰幻來說，這些都只不過是浪費時間。

符登陽看起來有些躊躇，彷彿無法確定自己接下來說的話是否能讓人信服，最後他終於像是下定決心地開口了。

「說起來或許荒謬……但我總覺得家母有時候，並不像我所熟悉的那個人。這令我不禁生起錯覺，也許我對她不夠了解，又或者是在不知不覺中，有別的『存在』……入侵了她？」

「你的論點很有意思，但根據呢？」

「我明白你不會立刻相信，不過也很感謝你沒有認爲我在胡言亂語，灰幻先生。我曾提過，二十年前我和家族理念不合，因此離家吧？有件事，我當時沒說……我離家的另一個原因，就是我的母親那時簡直像徹底變了一個人似地。」

灰幻沉默聆聽，他的性格雖然暴躁，但也清楚什麼時候得要有耐心、等候時機，否則他也不會是公會的一部之長。

他聽見符登陽繼續說他的母親在二十年前曾大病一場，那場病來得又急又凶，符邵音幾乎要熬不過去了，就連醫生也婉轉地暗示要有心理準備。

可是，奇蹟出乎意料降臨了。

符邵音不但撐過，還成功戰勝病魔。

只不過或許是經歷過生死關卡，大病痊癒後的符邵音也徹底變了性子。

原本符家對於狩獵妖怪並沒有如今般咄咄逼人，可是在性格丕變的符邵音指示下，狩妖手段轉爲雷厲風行，作風上也愈發霸道。

同時，也因爲這份轉變，才會讓符家的勢力逐漸壯大，在這二十年間躍於三大家之首的位置。

「現在可能很難想像得到……」符登陽低聲說，「但家母在病前是個寬厚溫和的人，你不會將『嚴厲』、『冷酷』、『令人畏怕』等字詞往她身上聯想。其他叔伯長輩不覺得這有什麼不好，家主就該更威嚴、更有魄力，我卻沒辦法認同。最後是和家母大吵，憤而離家，不承認自己是符家的一分子。」

「疾病會改變一個人，不要忘記你剛說過的話。」

「我記得。當年我以爲是那場大病改變了家母……可是當我再度返家，接下乞月祭的責任後，我注意到這場持續了二十年的祭典，卻無人知曉它眞正的由來，以及祭拜的守護神身分。所有人知道的，都是從家母那兒得知的。」

「你不是只發現到這點，你還發現了其他更關鍵性的東西，才會讓你決定在這裡裝竊聽器，別告訴我那破玩意是從二十年前就裝上的。」

「灰幻先生果然是聰明人……我發現的，就是你們發現的東西。」符登陽一字一字地說，「家母不曉得我對植物研究有幾分興趣，她向來不關切這些。因此她對芍音特別上心，我也感到訝異……抱歉，我不該提這個的。」

自知離題的符登陽道了聲歉，又說道：「在我看來，那本手札上記載的簡直像是某種邪惡儀式……我不知道家母當年曾做過什麼，但我敢肯定，乞月祭，以及祠堂的存在，都和那脫不了關係。然而這事也無法和族裡的長輩說，他們不可能會相信的。乞月祭在即，我無法破壞祭典、破壞大家的信念，因此那時才會先說服大家，假扮芍音的『存在』，便是守護神。」

「所以，才要借我們之手？」

「是的。」符登陽也不否認，應對上仍是彬彬有禮，只是微笑裡不可避免地多了幾分苦澀，「我知道我是爲難人了，但我也擔心芍音。縱然沒辦法親自撫育，她也是我的女兒，我不願意見到家母哪天爲她帶來危險。」

符登陽頓了頓，在昏暗的書房裡彎下腰，朝灰幻深深一鞠躬。

「我只能拜託神使公會的你們了。」

□

一刻等人在本館外等候灰幻。

雖然那名灰髮少年是公會特援部部長，亦是實力強大的妖怪，但誰也不能保證他和符登陽談話時，是否會再生什麼變故。

「小白，你覺得他們會打起來嗎？」柯維安眼巴巴地抬頭，盯望著三樓黑漆漆的窗口。

「不會。」一刻倒是斬釘截鐵地說，「打起來就會吵醒整屋子的人了。既然要當賊，灰幻就不可能做那種事。」

「別說當賊啊，小白……好歹也說我們是來去一陣風的神祕怪盜嘛！」

「來去一陣風就不用辛苦爬三樓了。」

「喔，也是……」被一針見血地吐槽，柯維安摸摸鼻子，閉上嘴巴。其實他也是沒話找話說，好緩解一下氣氛。

倏地，柯維安想起不久前安萬里打來的那通電話，之後他照著灰幻的指示，把訊息傳過去，也不知道對方是否有回傳訊息？

將調成靜音的手機摸出，柯維安點開LINE的朋友群，立刻看見安萬里的欄位上跳出鮮紅的數字，提醒著有多少訊息未讀。

這麼多？柯維安一驚，趕忙點進查看。

另一邊的一刻和蘇染、蘇冉湊在一塊，繼續看起蘇冉拍下的手札照片。

「我們見到的五名孩童，外表年紀都很相近。假設另外七名也是同年紀，還有未被封在祠堂的最後一人……」蘇染分析著，「就算每天都有孩童失蹤，可是在一個時間點上，忽然有高達十三名年紀相仿的小孩失去消息，不可能沒有引起任何關注。」

「但我們在圖書館找到的舊報紙，上頭的確沒見到相關報導。」一刻還記得他們在鎮上的圖書館待上許久，卻依然一無所獲。

「還有一個可能，也許記錄在手札上的那些名字，」蘇染說，「是黑戶。」

「沒有報戶口。」蘇冉接上話。

一刻起初還沒反應過來，但隨即他睜大眼。

倘若是黑戶，也就是所謂的幽靈人口，那麼許多地方就解釋得通了……

透過某種手段，符弄來了這些在社會上並不存在的小孩，然後進行不知名的儀式，結果造成十三人失去生命……

也許就是為了防止亡靈報復，才建造祠堂，將之封印在裡頭的石頭和石堆塔，再藉著乏月祭的舉行，掩蓋祠堂的真相。

如今所有線索，都指向符卲音。

是她建造了祠堂，是她舉行乏月祭，是她擁有手札，也最有可能是她……殺害了那十三名孩童。

但即使如此，一刻還是寧願用「符」來替代，那是符芍音最看重的祖母，也是胡十炎認定的人類朋友。

親口從符卲音那兒得到答案前，一刻不願意將對方的名字直接代入「凶手」中。

一刻吐出一口氣，本想問柯維安的看法，卻望見對方正死死盯著手機，一張娃娃臉交織著震驚與不安，雙眼更是瞪得老大。

發生什麼事了？

一刻心中一凜，馬上靠過去，「柯維安，你看到什麼了？」

「小白……」聞言，柯維安抬起頭。他看著另外三名神使同伴，乾巴巴地擠出聲音，臉上像覆了層不祥的烏雲。

很快地，一刻他們就知道究竟發生什麼事。

安萬里傳訊息過來了，他送來情絲一族的情報。

只不過，那情報著實太過驚人。

「除了能夠用自身絲線抹去他人的記憶，情絲一族還能分出分身，就像我們在水瀾身上看見的一樣……」柯維安盯著螢幕，挑出重點說，「可是那必須建立在情絲，我這指的都是族群，不是那位族長……必須建立在情絲佔據了他人身體的前提上。」

「情絲本沒有特定形體，可一旦奪得他人身軀，就能發揮更多力量。其中一項就是製造分身，但一次只能一個，以及將自身的妖力轉爲……靈力。」

瞬間，一刻以爲自己聽錯了。

「轉成……什麼？」

「靈力……擁有新軀殼的情絲可以將妖力轉爲靈力，只是化爲靈力後耗損的部分，就再也無法補充。而且……」

「學長還說了什麼？一口氣把它說完！」

「而且要獲得新的軀體，必須在軀體主人死亡的那一刹那間！」

柯維安幾乎沒有停歇地連珠炮喊道。

因爲人還在本館外，柯維安聲音不敢拉得太高，但也足夠清晰地進入所有人耳中。

「我操……」一刻一時只能擠出這兩字，來作爲他聽完後的唯一感想。

除了這個兩字，他還眞不知道能說什麼。

情絲到底是什麼見鬼棘手的種族？可以抹去他人的記憶就已經夠麻煩了，現在居然還被告知，她們要是佔據剛死亡的軀體，就能發揮出更多的力量……

一是製造分身，一是把妖力轉變爲靈力。

後一項技能未免也太靠杯了！一刻臉色鐵青，如此一來，楊百罌之前說的便被推翻。因爲情絲就算佔去狩妖士的身軀，也還是能使用靈力……慢著！

一刻覺得自己轉瞬間像觸到什麼，思緒因而凍結數秒。

「小白，水瀾的身上有過情絲的分身寄宿，那就表示，情絲已佔據某人，取代那人的存在。」柯維安努力想要讓自己的語調平穩，卻仍流洩一絲顫音，「她又說她在符家等著我們，這也就表示……」

這是個毋須言明，眾人便已心知肚明的答案。

情絲取代了符家的某個人，同時不用擔心身分會暴露。她可以將自身妖力轉爲靈力使用，可以不動聲色地僞裝成狩妖士。

「我有個問題。」蘇染慢慢地說，「情絲要獲得新身體，必須在原主人死亡的剎那間。但既然情絲取代原主活下了，對他人來說，這樣的狀態應該算是瀕死再被救回，是嗎？」

另外三人都聽出蘇染的言下之意。

那些留下來要參與乞月祭的符家人中，有誰曾瀕臨死亡？

有的，他們湊巧就知道那麼一個。

「再後來，我出了車禍，撿回一條命後又聽說母親病倒的消息，才決定放下無意義的面子，好好回來盡孝道。」

「馬的！符登陽！」一刻倒吸一口氣，「難道他就是……」

「靠靠！灰幻還在上面！」柯維安臉色刷白，急急轉頭朝上望，卻沒想到這一望，正好撞見窗內探出一抹灰色身影。

柯維安張著嘴，就見那熟悉的身影俐落地往下躍，幾個眨眼便落到他們一票人面前。

灰幻看起來一點事也沒有。

「傻了嗎，你們？還是忽然痴呆了？」就連那張嘴巴還是如此不饒人。

「你……灰幻，你沒事？」柯維安嚥嚥口水，覺得自己應該更加謹慎地試探，「你還記得范相思跟你是什麼關係嗎？」

「她是我的求偶對象，我也只願意由她替我生孩子。」灰幻是什麼樣的人，馬上就察覺到柯維安的反常和幾個人之間的怪異氣氛，「我叫你們在下面等，你們又搞了什麼鬼不成？」

「沒搞鬼啊！」柯維安連忙搖頭，「我們是擔心你，因爲我們懷疑符登陽……可能就是情絲。」

見灰幻言行正常，也沒突然間把他們視爲仇敵對待，柯維安頓時放心不少。他將自己的手機遞給灰幻，同時注意到一刻的微妙表情。

「怎麼了，小白？」柯維安湊過去，「情絲是抹去他人記憶，不是操控記憶，灰幻沒問題的。」

「我不是擔心那個……」一刻抹把臉，聲音放低，「我只是不習慣灰幻用那外表，說想要范相思替他生孩子……靠夭，怎麼聽怎麼彆扭。」

「哎？我還以爲小白你該有免疫力了，織女大人那外表都是人妻了，她沒說過生孩子之類的話題嗎？」

「生你的蛋！她都生過兩個了還生？」一刻勒住柯維安頸項，想禁止他再談論這話題。

而沒加入竊竊私語的蘇染和蘇冉，前者一臉嚴肅，後者也很嚴肅，還特地拍拍對方的肩，扼要地說了聲「加油」。

兩雙藍眼睛都是落在一刻的身上。

另一邊的灰幻迅速讀完安萬里的訊息，明白了柯維安等人的擔心從何而來。他重重彈下舌，猶帶青稚的臉孔陰沉地沉下。

「安萬里說找到情絲一族的前任族長後，一有最新消息會再傳來。而在我們知道這一任族長有哪些特徵可以辨認前，我有個不好的消息得告訴你們。」

灰幻將手機粗暴地塞給柯維安。

「二十年前，符邵音曾因一場大病差點搶救不回。她奇蹟般痊癒後，性格也徹底大變。」

針落可聞的寂靜籠罩了年輕的神使們。

同樣經歷過瀕死的符邵音和符登陽……究竟誰才是情絲本尊？

第九章

無論再怎樣希望時間能拉長，一夜難眠的一刻等人還是必須面對乏月祭的到來。

隨著天際最後一抹瑰麗霞光逐漸隱沒在雲層後，再過不了多久，乏月祭就要正式舉行。

本館從一大早就吵吵嚷嚷的，昨夜返回村裡的其他符家人紛紛趕回來，忙著爲祭典做最後的準備和確認。

年紀小、好奇心重的符廊香，也忍不住跑到本館湊熱鬧。

這種情況下，一刻他們也無法再去找符登陽和符邵音。

好不容易他們知道的更多了，然而也因爲如此，使他們在尋求眞相上陷入死胡同。

如果符邵音在二十年前曾經病危一事是假，只是符登陽爲了擾亂他們，那麼他們反倒可以肯定符登陽有問題。

偏偏楊百罌求證過了，詢問任一個年歲稍大的符家人，都可以得到肯定的答覆。

就算不懂楊家家主爲何問這個問題，那些人仍是客氣地回答。

符邵音曾病危的事，是眞的。

一群人坐在別館大廳裡，一刻繃著臉，柯維安心煩意亂地哀聲嘆氣。其他幾人的情緒則沒有流露得太過明顯，不過還是能感受到盤旋在他們之間的躁悶氛圍。

唯一不受影響的，或許就只有黑令了。

即使這名灰髮青年不再徹底置身事外，可就算從柯維安那得知了情絲可能就是符邵音或符登陽，他還是一派索然無味、提不起幹勁的模樣。

打破這份凝滯的，是倏然響起的敲門聲。

緊接著，大門被人打開，鬧哄哄的人聲也跟著從外撲了進來。

「喂，公會的！你們都在吧？有沒有聽見啊？」

「喂你個頭啦！這種場合你是不知道什麼叫禮貌嗎？而且還有百罌前輩在裡面！」

「靠！我忘了……小伍你過去一點，別撞翻我手上這些茶，翻了要你賠！」

「在我賠之前，先拿穩……幹幹幹！叫你拿穩一點啊！」

符家弟子中，也只有伍書響和陸梧桐知悉一刻他們的神使身分。

兩名年輕人罵罵咧咧的聲音從玄關往大廳靠近，當他們來到大廳，一見所有人都在，反倒是愣了愣。

特別是當灰幻、一刻、蘇染、蘇冉的視線一起掃來，或是凌厲、或是冷淡，登時讓兩人頭皮一麻，暗地裡吞了一大口唾沫。

原本兩名年輕的狩妖士還吵鬧不休，這下子聲音全都沒了。

陸梧桐連忙朝伍書響使個眼色。媽啦，怎麼搞的？才一晚工夫，怎麼這群傢伙就像如……如什麼妣的……

我猜你想說的是如喪考妣，但你他媽的用錯地方了！

要不是怕動作太大，可能會害得陸梧桐端著的茶水傾倒，伍書響巴不得給陸梧桐後腦重重一掌。

這沒腦袋的，要是眞把那觸人霉頭的四個字說出來，恐怕灰髮的那名妖怪就會讓他直著進來、橫著出去了！

一刻毫不在意那兩名少年用眼神交流著什麼，他會多盯他們幾眼，也是因爲他們此時穿在身上的衣物和平時見到的輕便風格不同。

伍書響、陸梧桐穿著一襲白底黑盤釦的長袍，看起來格外正式莊重。

腦海一浮現「正式」兩字，一刻登時就想到了乞月祭。

「那衣服……」一刻不自覺地喃喃出聲。

「是符家乞月祭會穿上的祭典服飾。」楊百罌語速略快地接話，「唯有主祭者會是一身黑衣……我覺得這樣的衣服……」

「什麼？」

「不，沒事，什麼事都沒有。」

驚覺自己差點脫口說出「我覺得這樣的風格也很適合你」，楊百罌強忍鎮定，急急帶過，只有微紅的耳朵尖出賣了她。

「啊，班代之前就曾參加過嘛！怪不得那麼了解。」柯維安恍然大悟，一雙眼睛也饒富興致地打量伍書響、陸梧桐兩人的打扮，「所以小芍音會穿成一身黑嗎？那絕對超襯她的膚色還有白頭髮！天哪，光想像就覺得一定很可愛！」

「那還用說嗎？那可是我們小小姐呢！而且要穿那麼不方便行動的衣服，她還努力為大家煮平安茶……哇靠！差點忘了！」陸梧桐自豪的口氣瞬時轉成大叫。

「平安茶！」伍書響也跟著喊道：「我們就是來分送平安茶給你們的！」

「那是什麼？」灰幻不感興趣地一瞥陸梧桐手上的茶盤。

上頭擺著多個盛有茶水的小瓷杯，琥珀色的液體清澈見底，每個杯子底部還沉著一瓣雙芯茶葉。

「就是……」

「小陸你閉嘴，我來說明！」伍書響不客氣地搶過話，順便指揮陸梧桐先將茶盤擱在桌上，免得眞一不小心弄翻，他們就有得瞧了，「平安茶也是祭典的一環，顧名思義就是保平安。彡月祭當天，會由主祭負責煮茶，再分送給聚集在我們符家的人，包括賓客，包括祭典參加者。小小姐眞的很用心啊，一大早就……」

「既然是小芍音的心血結晶，那我一定不會辜負的！」柯維安雙眼頓亮，眼明手快地往其中一杯茶探去。

沒想到手指都還沒觸到杯緣，就先得到伍書響和陸梧桐緊張的大叫。

「不行！」

「咦？不……不行？」

柯維安僵著手，茫然地望著那兩名年輕狩妖士。

「不對，說太快了……不是不行，是有分順序。」知道自己的說法讓人誤解，伍書響手忙腳亂地趕緊補救，「留在莊園裡沒參加祭典的人要先喝，參加的則等祭典結束回來再喝。這是歷年的習俗，百罌前輩之前參加的時候，也是回來再喝吧？」

「確實如此。」楊百罌頷首，同時也證實了伍書響的解釋。

見眾人表情不再茫然或是不解，伍書響鬆了口氣。

陸梧桐還努力地盯著七名客人，盯了好一會，才遲疑地開口，「所以……你們是哪幾個要參加？還是說全參加啊？」

這事一刻等人已經討論過，也做出了人選分配。

「我、楊百罌，還有那個白毛小鬼。」灰幻不容質疑地說，「我們三人是觀禮代表。」

對於灰幻和楊百罌的參與，伍書響、陸梧桐並不覺意外。他們兩人剛好代表神使公會和楊家，至於一刻，可能是灰幻順便帶著的。

但人選中卻沒有黑令。

「那個……黑令不參加嗎？」伍書響小心翼翼地問。

至今他還是對黑令忌憚又不抱持好感，然而卻也不能忽視黑令代表黑家的事實。

「沒興趣。」黑令主動出聲，淺灰的眼瞳看似懶洋洋瞥過，但那缺乏情緒起伏的眼神，還是讓伍書響、陸梧桐不自在地想後退一步。

「老頭子說，隨便我行動，只要我聽他們的就行。」

伍書響兩人花了好幾分鐘才意會過來黑令說的「老頭子」是指黑家家主，黑石平。至於「他們」指的又是誰……

這點，伍書響、陸梧桐倒是有志一同地看著神使公會的諸人。

既然黑家家主都這麼交代了，伍書響、陸梧桐的地位也沒人高，就算心裡想著這會不會太沒禮貌了，也不好意思眞說出口。

「黑令沒去也沒差啊，想想他拉仇恨值的功力。」柯維安眞摯地說。

他這話一半是爲了掩飾他們如此分配人手的目的，另一半則是發自肺腑。

「這可是小芍音重要的第一次主祭，事情還是順順利利的最好了，沒錯吧？」

伍書響和陸梧桐立刻被說服了。

黑令的個性和態度輕易就能招來誤會，況且有不少人還以爲黑令只是沒多少靈力的廢物，萬一耐不住出言諷刺，很可能會滋生出不必要的事端。

伍書響和陸梧桐不約而同想起不好的回憶，臉色有些發青。

柯維安眼利、心眼也多，立即就從兩人的異樣神情猜出大概，估計他們是想起了黑令造成的心靈陰影吧。

「既然我是不參加組的，那茶我就先喝下了。」柯維安不假思索地伸出手，當然不忘先分送給身旁幾人，「小白眞是太可惜了，不能在第一時間喝到小芍音的努力結晶！」

「閃邊去，回來再喝還不是一樣？」一刻沒好氣地給了一枚大白眼。

蘇染、蘇冉、黑令將平安茶喝下時，伍書響和陸梧桐也終於擺脫心靈陰影地回過神，從玻璃窗注意到外邊動靜。

「天黑了！快開始了，動作快，我們趕緊去和隊伍會合吧！啊，手機別帶身上，入山的人不能帶手機！」

兩名年輕的狩妖士慌慌張張地催促一刻他們。

「等繞村的人回來，差不多也要出發入山了！」

「繞村？」

「就是乞月祭開始前的一個儀式啦。」

「不是說會有一些人留在莊園裡嗎？就是指那些繞村的人。」

「他們在下午就先舉著火把、打著大鼓，繞寂言村的大街小巷走，走到田那邊再折返。」

「算是通知田裡的稻草人，也就是賓客，祭典即將開始……白毛的，你的表情怎麼怪怪的？你吃壞肚子了？」

「X的！你全家才……沒事，只是我對稻草人有不好的回憶……」

「是喔，你還眞奇怪。」

伍書響和陸梧桐自然不會知道昨晚在田間發生過的怪事，他們只是敷衍地應和幾句，又開始急急地催促著人。

一直等到他們總算出了別館，兩人才鬆了一大口氣，走在前頭，替要觀禮的三人指路，順便交代注意事項。

伍書響、陸梧桐不忘加快步伐，就怕速度太慢，造成祭典延誤。

當鼓聲近得連莊園裡都能聽到，就表示乏月祭要開始了。

一刻以爲會在本館看見符邵音。

但是沒有，就只有符登陽陪伴著一身隆重黑色衣裙的符芍音，自本館內走出。

一刻頓時可以理解，伍書響他們爲什麼會說符芍音很辛苦地在煮茶。光看那曳地的裙襬，以及完全遮住手部的長袖，就知道那套主祭服在行動上有多麼不便。

不過，也不能否認白子的符芍音穿上黑衣後，更顯得像是一尊完美的瓷娃娃。漆黑將白皙的皮膚襯得熒白，就連紮綁在側邊的白色長馬尾，也白得像要一併發光似地。

「幸好柯維安沒來……」一刻喃喃說著。

「什麼？」站在一旁的楊百罌抬起頭，敏銳地捕捉到話聲，卻沒有聽清內容。

「不，沒事……」一刻含糊帶過，自己的前室友有多麼「紳士」（音可以唸作糟糕或變態），實在不值得大肆宣揚，他改變了話題，「符邵音不出現嗎？雖然她不是主祭，但露個面什麼的……」

「顯然你剛沒有仔細聽，小白，我不認為這是分心的好時機。」楊百罌舌尖上的話語比她的思考還要快一步吐出，她甚至都來不及截住，「符家主因身體不適，先留在房內。」

「抱歉，我剛眞沒留意聽。」自知分心的一刻直率地道了歉。

「不、不是……我的意思是……」楊百罌正為自己的失言懊惱，沒想到又聽見一刻的道歉，她頓時有些慌亂，可是又擔心破壞祭典的肅靜，最後只能挫敗地垂下眼，悶聲說著，「沒關係……反正我可以幫你聽。」

「都閉嘴。符邵音和符登陽那有柯維安他們負責，我們專心我們這邊的。」灰幻遞了嚴厲的眼神過去，要兩名小輩保持安靜。

繞村隊伍這時已來到本館前。

穿著統一服飾的十幾人，沉默地將仍燃燒著的火把轉交給在本館前整齊排成兩列的人，緊接著由他們替即將入山的人綁上朦眼的布條。

布條上面，還用黑墨書寫了一個張牙舞爪般的字紋。

一刻頓時憶起柯維安曾說過的乏月祭流程。除了主祭外，其餘祭典人員皆要手持火把，眼上覆布。現在看來，果眞不假。

事先知道那布條其實相當透，因此見到矇住雙眼的符家人整齊地轉至面對面的方向，一刻也不覺得詫異。

下一瞬間，又是一聲沉重、彷彿要直擊人心的鼓聲響起。

咚！

然後是第二聲、第三聲。

咚！咚！

穿著一襲黑色主祭服的嬌小人影走下階梯，挺直著背，一步步穿過兩列人中間。

隨著符芍音前進，兩側狩妖士也紛紛低下頭。直到她走至隊伍最前端，才重新挺正身形。

一切都在沉默中進行。

即使時間短暫，依舊充分讓人感受到難以言喻的肅穆。

「我們也過去吧，觀禮的賓客要跟在主祭身後。」有過經驗的楊百罌輕聲說道。

就像是在等候三人到來，當一刻、灰幻、楊百罌也加入隊伍，符芍音不發一言，倏然舉起手。

咚、咚、咚！

鼓聲再響。

所有要入山的白衣狩妖士整齊劃一地高舉火把，毫不猶豫地邁出腳步。

約莫二十人的隊伍朝著棲離山的方向出發。

鼓聲未停，仍然充滿節奏和力道的撞擊，並且越來越快、越來越快，就像驟雨密集落下。

直到最後，如同一記響雷轟然炸開。

咚！

符登陽靜靜目送著祭典隊伍朝棲離山一路前進。

那些搖曳的火把焰光在夜風吹拂下，拉出詭譎的綿長形狀，像是要連成一片赤色流火。

待最後一抹白色身影消失在視野內，符登陽這才舉起手，示意繞村回來的狩妖士們先到屋裡喝平安茶。

接下來就是靜候入山隊伍的歸來，爲這場祭典劃下一個句點。

「少主，你喝過平安茶了嗎？對了，是不是也要端一杯給家主？畢竟她這次沒有參加祭典……」

「我喝了。母親的，我記得已吩咐人送去……但我還是再去看一次吧，順便做個確認。」

接過其中一人遞來的瓷杯，符登陽向眾人頷首，獨自先行離開。

一離開大廳，人聲幾乎聽不太清楚。穿過二樓、來到三樓後，更是只剩下全然的靜默。

三樓安安靜靜的，像是連根針掉落在地也能聽見。

符登陽收起溫厚的表情，看不出實際年齡的面孔頓時顯得有絲冰冷。

端著茶，他走向這層樓唯一的臥室，符邵音的房間。

房門關起，符登陽先敲了敲門，並沒有得到任何回應。他耐著性子，又等候好幾分鐘，再度舉手敲叩門板。

依舊沒有丁點回應。

符登陽改探向門把，發現是鎖住的。

似乎早有預料，他從口袋內掏出一把鑰匙，輕易讓原本文風不動的門板往內開。

符登陽不發出一絲聲響地進入房內，反手將門帶上。

房裡被昏暗籠罩，僅有的光線是從本館外牆的照明透過窗戶照進來的。

符登陽沒有開燈，就只是站在原地，像震懾過度般遲遲無法再有下一個動作。

藉著微弱的光線，可以看見窗邊的床榻上躺著一抹瘦弱人影。

符邵音閉著雙眼，彷彿陷入熟睡，絲毫未察覺到房裡有其他人的存在。覆在她身上的棉被整齊地拉至她的胸前，她一手收於被下，一手擱在被上。枯瘦的手指恍若失去水分的植物，表面皺巴巴的，青紫色的血管透著薄薄的皮膚，清晰可見。

而在符邵音身上，有花。

最初可能會以爲是光線和被上花紋造成的錯覺。

可再定睛一看，就會發現那是花，又不單是花。

一朵詭譎妖艷的深青色花朵就盛綻在符邵音心口處，好像隨時會吐出惑人的芬芳香氣。撐起那朵花的，則是無數交錯的桃紅色荊棘，尖利的小刺張揚地佔據在荊棘表面。

那色澤似乎只要再深上一分，便會像是吸收飽滿血液的血珊瑚。

再仔細觀察，就會看見如同和花朵顛倒了顏色的荊棘，在貼近符邵音的皮膚時，竟然轉爲圖紋，錯縱複雜地攀繞著，沿著頸項，直至臉部，最末是來到緊閉的右眼下方。

深青妖花和桃紅荊棘的源頭，赫然就是符邵音的右眼。

相較於床上老婦的虛弱，深青色花朵開得恣意妖嬈。

那是如此匪夷所思，卻又散發著妖異美感的一幕。

普通人身上，斷然不可能長出這些荊棘和花朵。

可是這些，如今卻出現在符家家主身上。

符登陽的身體隱隱顫抖，原先穩穩端著的瓷杯，不知不覺中掉落在地。

雖然沒有砸得粉碎，但裡頭的茶水全數濺灑出來，在地上畫出不規則圖形。

過了好半晌，符登陽總算往前邁出步子。他像是費了一番力氣，才從嘴裡擠出兩個字。

他說，宛如嘆息、宛若心滿意足，微笑地說：

「終於……」

第十章

火光映亮了漆黑的山林，橘紅色光芒照射在深褐的樹幹、青蔥的植物上，同時也投下大片大片影子。

不規則的光與影交織閃動，在夜晚的棲離山內形成怪誕又詭異的光景。

將近二十多人的隊伍，不快不慢地在山道上行進。

明明人數眾多，但沿路上都被死寂環繞，連腳步也被壓至最輕。

山裡不單沒有人聲，包括任何能代表生機的蟲鳴鳥啼，亦像被火光照不到的深深幽暗吞噬得一點也不剩。

泰半身穿白衣的人們，不言不語地繼續走著。

不明就裡的人見了，也許會以爲這是一場葬禮。

但，不是。

人們雖多穿長袍，樣式是統一的白底黑盤釦，但他們還手持燃燒得旺盛的火把，眼上則是一條繪有奇特字紋的矇眼布。

視線受限的情況下，他們依然堅定地跟隨前方人的帶領，步步走向他們的目的地。

走在最前端的，赫然是名年幼的小女孩，看起來大約國小生左右，卻擁有著和外表不協調的沉穩鎮定。

與身後的白衣隊伍不同，小女孩一襲隆重的黑色衣裙，暗如鴉羽的過長裙襬和袍袖，像是在妨礙她的行動，但小女孩走起路來仍是輕巧，絲毫不受影響。

在黑衣的襯托及灼灼火光的照耀下，她潔白的皮膚和髮絲彷彿要發光一樣。

這是一場祭典，一場在無月的夜晚舉行的祭典。

這是符家的乏月祭。

夾在主祭的符芍音和後方白衣人之間的，則是三條存在突兀的人影。

他們沒有穿著祭典用服飾，只是簡單的打扮。

他們是觀禮的賓客。

一刻、灰幻、楊百罌都不是喜歡說話的人，在沉默中，他們更沉默。

楊百罌已不是初次參加，她神情平淡如水，但一雙艷麗眸子實則隱含警戒，偶爾會與身邊的一刻、灰幻交換一記眼神。

一刻的大多心思都放在前方的符芍音身上，他依然記得柯維安說過的話。

「我在祠堂附近找到小芍音的嗎？她看起來很正常、沒有問題，也能召出她那把斬馬刀……可是，我總覺得有什麼說不上來，就是……好像有哪裡不對的地方。唔，大概就像是有個齒輪不對一樣。」

一刻與柯維安認識一年多，在後半年裡他們經歷過許多事，他知道對方不會無來由地說這些。

而能夠使用靈力，卻像換了一個人……雖然微乎其微，可是一刻只想得到一個可能性。會不會……眼前的白髮小女孩，其實在沒有人發現到的時候，被情絲的分身寄附了？不可能會是情絲本尊，畢竟符芍音不曾陷入生死關頭。

只不過，這也只是一刻心裡的猜測。在沒有更具體的線索前，他不會輕易說出口。

隨著隊伍不停前進，時間也在分秒流逝。

當第一盞被素白骨架包覆住的鮮紅燈籠出現時，就等於是通知眾人將要進入祭典專用的山道。

在兩側燈籠和火把光芒相互輝映下，山道上頓時可說亮若白晝。

然而能見度越清晰，瀰漫在隊伍間的氣氛也就越肅穆沉凝。

初次參加祭典的伍書響、陸梧桐，就覺得像要被無形壓力壓得喘不過氣。

可即使如此，他們還是大氣不敢吭一聲，緊閉著唇，透過還能大致視物的矇眼布，戰戰兢兢地跟隨著前方人員的腳步。

一刻也注意到氣氛的轉變。

等到高聳的石造牌樓躍入眼中，那份轉變倏然間變得更爲鮮明強烈。

空氣裡像有看不見的針扎著人，使得暴露在外的皮膚有些隱隱作疼。

一刻是第一次走上祭典步道，第一次見到牌樓。

第一眼他就留意到牌樓上的題字，僅剩下最末一個「祠」還算完整，另外兩字根本無法辨認。

這裡到底是什麼祠？

一刻忽然發現到，無論是從伍書響、陸梧桐、符芍音，或是符登陽口中，從來不曾聽過關於那座祠堂的名字。

所有人都稱之爲「祠堂」，或是「禁地」。

是因爲他們都如此習慣稱呼嗎？亦或是……並沒有人知道那祠堂的眞正名字，上頭的題字是許久前就故意毀損的？

一刻不自覺地陷入思考中，直到有人輕碰一下他的手臂，才驀然回過神。

是楊百罌。

褐髮女孩沒有說話，只是下巴往前點了點。

不知不覺中，已然到達符家的祠堂。

暗青色的屋瓦、灰色的外牆，祠堂外表看起來小巧樸素，一點也不招人注目。

符芍音在閉掩的大門前站定，身後的祭典隊伍也跟著停下腳步。

不須多言，身穿白衣的狩妖士自動往兩側退開，讓中央空出更大空地。

他們圍成弧形，火把高舉，映亮了這座不再有燈籠垂掛的幽暗密林。

一刻向楊百罌遞去一眼，無聲詢問著他們是不是也要站到一邊去。

楊百罌艷麗的眼角像是出現一剎那的柔軟，但她很快就繃住冷淡的表情，搖了搖頭。

「站在這裡。」楊百罌以耳語般的音量說，「客人要在主祭身後，但不能跟著再前進。」

「小鬼，做好預防萬一的準備。」灰幻也嚴厲地低聲插入話。

一刻和楊百罌點頭，讓自己隨時保持警戒，沒有人知道接下來會發生什麼事。

在火光環繞下，符芍音一步步走向祠堂。她推開大門，讓不再封閉的室內景象進入所有人視野內。

伴隨著兩扇門板往內退開，一股奇異的味道也跟著飄散出來，像是長久不通風而積累下來的霉味。

雖然事先已得知祠堂的氣味不好聞，一刻還是費了一番力氣，才讓眉頭不至緊緊皺起。

這時，隊伍中有兩名人員出列。他們將火把插置在祠堂前兩邊，再恭恭敬敬地走進祠堂。

不到半晌，燭光就在祠堂內亮起，將裡頭的景物勾勒得愈發清楚。

火光晃曳，在供奉的眾多石頭上都烙下了不定的詭譎陰影。

兩名狩妖士很快就從祠堂中出來，回到原來的位置。

從自己站的地方看出去，一刻可以看見正如灰幻所說，桌上有七塊體積明顯較大的石頭。它們，眞的代表著另外七名孩童的亡靈嗎？

符家的誰，又是爲了什麼……

不論是爲了什麼，十三條生命都實在太過殘酷！

一刻攢緊手，強迫自己先專注在眼前的儀式上。

符芍音就佇立在祠堂前，背對著所有人。她先是雙手合十，態度沉穩地彎身行禮，緊接著她雙手間出現多張符紙。

符紙呈扇形散開，乍看下如同兩把折扇。

符芍音邁出一步，再邁出一步。她在祠堂前踩著緩慢規律的步子，時而後退，時而前進，時而迴身，手臂抬起放下的時候，鴉羽色的黑袖跟著揚起優雅的弧度。

嬌小的身影在火光下，像是獻上了一場獨特的舞蹈。

沒有任何激烈動作，卻深深震撼人心。

就在所有符紙一口氣被拋撒至空中，如落花紛飛，符芍音同時抓住落下的其中一張，紅眸灼灼。

「兵武，現。」稚氣平板的童聲終於打破了一路上的死寂。

白光瞬閃，巨大含鞘的斬馬刀被持握在符芍音雙手中。

白髮小女孩伏低身子，擺出奇異的姿勢。

一刻等人眼中頓現訝然，他們認得那姿勢，就在前夜，就在面對那五名童靈的時候。

「非天，魔落。」

「鎮！」

鑲著金色紋飾的刀鞘霎時化爲飄散的符紙，符芍音緊握刀柄，目光專注。

沒有任何猶豫，沒有任何遲疑，符芍音揮刀在空中斬出一個華麗的弧度。

接著第二斬、第三斬……每一次的刀起刀落，都在半空留下一道閃銀軌跡，簡直像是另一場刀之舞。

然而，就在來到第十二次斬擊時，說時遲、那時快，符芍音彷彿霍地感到心口一陣強烈劇痛。她鮮紅的眼眸大睜，隨即那陣痛楚蔓延至全身，使得那具嬌小身軀重重一個震顫。

瞬間竟失去了揮刀的準頭。

第十二次刀弧劃出，卻是迅雷不及掩耳地直衝某個方向——直衝祠堂桌上的石塊而去。

暴衝的刀勢誰也無法阻止，也來不及阻止。

瞬間，一道細長的橫向裂痕出現在所有石塊上。

然後在符家人駭然的眼神中，石塊崩裂，乒乒乓乓地砸在桌上，或是砸在地面。

符芍音握不住刀地撲跌在地，她身上的一身漆黑服飾，就像要將她自身給吞噬。

現場一片可怕的靜默。

最先反應過來的是一刻等人。

就算那術法與他們前夜所見略有差異，但眼下的情況怎麼看都像是出了意外。

「符芍音！」

「芍音！」

一刻等人立即衝上。

楊百罌想也不想地伸手扶住符芍音，美眸焦灼。

「我的天……祭典失敗……祭典失敗了啊！」

符家人中也有人反應過來，顧不得規定，幾名長老一把扯下矇眼布，臉色鐵青，又驚又駭地看著祠堂內的狼藉。

「怎麼會發生這種事……」

「小小姐……小小姐！」

其他人也急忙扯下眼上的布條，驚慌失措地看著虛弱躺在楊百罌懷裡的符芍音。他們像是想要馬上趕到符芍音身邊，可是祠堂裡的石塊被全數破壞一事，又震懾住他們的腳步。

「小小姐！」

最後伍書響、陸梧桐衝了出來，卻沒想到就在他們將要靠近的瞬間，祠堂內陡生異變！

嘻嘻、呵呵。

詭異的童稚笑聲驟生。

與此同時，七個較大石塊的切面裡，竟迅速湧冒出陣陣白煙。

下一剎那間，一陣強勁的氣流連同那些白煙，一併從祠堂內呼嘯而出，不但將伍書響、陸梧桐掀翻在地，還將全部的火把一口氣吹滅。

火光頓消，黑暗轉瞬籠罩。

「什、什麼!?」

「發生什麼事！」

「怎麼回事……」

突來的變故加上光芒被奪走，立刻讓符家人陷入慌亂，緊張的大叫聲此起彼落。

然後，又安靜下來。

因爲所有人都聽見了小孩子的聲音。

不屬於符芍音的，小孩子聲音。

啊啊……乏月祭，不見月。

燈指路，山道行。

符家人，拜著鬼。

符家人，今償債！

分不清有幾人的清脆聲音齊齊高唱，拔尖的音調在夜間透出一股難以言喻的淒厲。

啊啊……

紅紅的眼睛盯著我們。

紅紅的顏料滴滴答答。

紅紅的顏料嘩啦嘩啦。

爸爸、媽媽、哥哥、姊姊、弟弟、妹妹。

我們想要，但我們　沒有。

爸爸、媽媽、哥哥、姊姊、弟弟、妹妹。

我們想要，但我們　被埋在土裡。

毛骨悚然的怪誕歌詞凍住了參與祭典的符家人，恐懼與不安就像冰涼的蛇，纏綑得他們幾乎無法呼吸。

符家人……拜著鬼……

他們……拜著什麼？

嘻嘻、咯咯。

這次是異於童聲的綿長語調。

一刻不禁一震，他記得這聲音，就在昨夜的稻田裡！

「混蛋！就說有種裝神弄鬼，有種出面來戰！」一刻霍然暴喝，左手無名指的神紋倏現，擴及至手背上。

抓住平空生成的熒白長針，他迅雷不及掩耳地朝著綿長笑聲的方向疾射出去。

白針穿過虛無，深深刺入一邊的樹幹裡。

唉啊，說什麼裝神弄鬼……我們本來就是鬼……

童稚的聲音也齊聲附和。

是鬼啊，鬼啊鬼……現在，鬼要回去找符了，鬼要回去找……

不管是綿長的或童稚的聲音皆驀然放聲大笑，嘶喊出模糊但依然能辨的音節。

它們說：鬼要回去，找鬼。

「別說笑話了！那種事我可沒有答應過！」符芍音猛然推開楊百罌，白皙的小臉被恐怖的森森寒意覆蓋，就像暴怒到了極致，反倒凝成一片森寒。

就在所有人震驚於符芍音簡直像變了一個人的時候，她飛也似地抓回斬馬刀，紅眸不再是如無機質的玻璃珠，而是燃起了灼灼焰火。

「鬼啊！給我乖乖回到該去的地方！此乃鎮魂祠，怨之鬼、仇之魂，塵歸塵、土歸土！非天，魔落！」

符芍音揮刀再斬。

「寂！」

凜然的白光霎時像浪濤般往外震盪開來，一併沖淹過其餘符家人。

但得到的卻是愈發肆無忌憚的尖厲笑聲。

來不及了、來不及了……唉啊，嘻嘻！

笑聲像風般席捲過祠堂上方，白色的煙氣在空中具現，瞬息之間又染成墨黑，飛也似地衝過夜空，直奔山下。

伍書響、陸梧桐完全傻住，他們呆若木雞地望著其他族人在白光散逸後，是砰咚、砰咚地倒下，再望著恍若性子大變的符芍音。

「我……我第一次聽到小小姐說那麼長的句子耶……」陸梧桐無意識地說出心裡話。

伍書響還來不及震驚看向不止是少根筋的同伴——根本是沒帶腦子好嗎？小小姐分明就像變了一個人——又一道白光在他與陸梧桐眼前像小型煙花般炸開。

「咚」地一聲，兩名年輕的狩妖士也栽倒在地。

「蠢東西，這樣也好意思說是符家人？」白髮小女孩恨鐵不成鋼地咂下舌，隨即冰冷的目光不為所動地看著抵在自己脖子處的鋒利武器。

白針、石刃，還有張成扇形邊緣割人的符紙。

「妳是什麼人？」一刻厲聲問道，眸裡凶氣騰騰。

他現在終於明白柯維安的意思。

「大概就像是有個齒輪不對一樣。」

不，柯維安說得太客氣了……分明就像是內在整組零件都換了一套！

「或者我該問，」灰幻咄咄逼人，「妳是什麼東西！」

「芍音呢？妳對芍音做出什麼事？」楊百罌面無表情，但眼裡還是溢出一絲焦急。

「芍音沒事，這就是芍音的身體。」符芍音用著不同以往的嚴峻語調，說出誰也想不到的驚人答案。

「我是符邵音。」

符邵音！

這名字進入一刻等人耳裡，就像平地乍然落下一聲雷。

這是怎麼回事？應該因身體不適在房內休養的符邵音，居然用符芍音的身體，說出她就是符家家主？

相較於一刻和楊百罌的驚愕，灰幻畢竟是活了百年的妖怪，離奇的事更是見過不少。

最初的錯愕一過，他馬上掌握住事情的重點。

「妳借了符芍音的身體？從符芍音鬧失蹤時，就已經不是原來的符芍音了嗎？」

「從我單獨叫芍音到我房裡的時候，我就向她借用了身體。當然，我問過芍音的意願。」白髮小女孩語速流暢地說，她仰高著臉，絲毫不在意三人的武器還未抽走，言行舉止俱散發出符芍音不曾擁有的威儀。

「我不管你們信不信，那是你們幾個兔崽子的問題。我的目的，只是徹底處理完我符家之事。」

「我肯定妳不是符芍音，但我們怎麼相信妳就是符邵音？」一刻壓下面前人影帶給他的違和感，態度毫不放鬆地質問。

「你們沒聽清我方才的話嗎？信不信，是你們的問題。」符芍音冷冰冰地說。

「那，妳也別想去處理妳所謂的『家務事』。」灰幻俯下身，綴著一圈蒼白虹墨的眼瞳凌厲嚇人。

這似乎掐住了符芍音的軟肋，只見她緊抿著唇，隨後不悅地砸出冷硬的句子。

「胡十炎那個老不死的，喜歡夢夢露這種騙小孩的玩意，他那變態興趣在這一、兩年估計更變本加厲了吧？還有水瀾，我一直還沒去繁星市看那孩子。這樣的證明，夠了嗎？」

符芍音還是一副冷傲的神情，但抵在她脖子上的武器在瞬間全部撤離。

她所說的，的確就是顯而易見的證據。

一般人不會知道六尾妖狐的喜好，也不會得知水中藤的事。

「妳爲什麼要借符芍音的身體？如果是爲了乏月祭，妳符家家主自己來不就可以？」灰幻抱胸問道。

符芍音眼神暗了暗，「乏月祭無論如何都必須我自己來，那群蠢蛋卻找了符登陽回來。他不行，絕對不行。」

一刻與楊百罌對視一眼，不約而同地憶起符芍音，或者說符邵音在面對祠堂內亡魂衝出的那番喊話。

鎭魂祠……也就是說祠堂和乏月祭的舉行，果然都是爲了鎭住那些小孩子的亡魂。

「二十年前，符家到底對那十三個小孩做了什麼事？」一刻喉頭發緊，但一直壓在心底的疑問讓他不吐不快，他想要知道眞相，「我們找到了那本手札，上面有十二個人名，還有一頁是被撕掉的。符邵音，是妳做的嗎？所以妳才要蓋祠堂，舉行乏月祭，以免那些亡魂回來報復？」

「祠堂是我命人蓋的，祭典是我設的。你們說得沒錯，就連那些小鬼也是我封的，他們的骨灰在石裡。」符芍音平靜地說，就像早預料到放在書房內的手札會被發現。她的紅眸波瀾不驚，甚至趨近冷酷，「但，是爲了贖罪，爲了向二十年前的錯事贖罪，我沒對他們動手。還有，不是十三個。」

「什麼？」

「是十二個，被撕掉的原因，」符芍音說，「是因爲他還活著。」

「什……」

這下子，即使是灰幻，也和一刻、楊百罌同樣震驚。

第十三個名字的「維安」還活著？

那麼，被通靈板召來，以及在田裡作祟的那個靈……又是誰？

無視三人的啞然，符芍音收起斬馬刀，邁步就要離開祠堂。走了幾步，她頓住腳步，回頭不耐地斥喝道：

「你們還傻著做什麼？你們以爲衝出封印的亡靈，會友善地到我符家打招呼嗎？就算它們缺失記憶，但本能還是記得對符的怨恨。眞是該死的，照理說順利完成祭典，這樣便能將那些靈的怨恨徹底消弭，讓它們回歸該去的地方……但有人動了我的身體，我的身體一定是發生了什麼事，否則祭典不會失敗的！」

「靠杯，不會是蘇染、蘇冉他們吧……」一刻頓時產生心虛和罪惡感。

但這話立刻被符芍音否決了。

「不會是你的朋友，他們這時候不可能醒過來。」符芍音冷傲的小臉掠過細微的不自在，

「……我下藥了，在所有平安茶裡。」

一刻等人一開始還沒意會過來，等到「下藥」兩字正式躍入腦海，他們臉色頓時生變。

只要喝下平安茶，也就等於喝下藥……那不就表示本館、別館的人全倒了嗎？

在戰力全無的情況，正有一批怨氣沖天的亡靈前往。

「幹幹幹！」一刻大罵，撈起符芍音，拔腿就要全速衝刺下山。

「慢著。」灰幻倏地阻止。

「我操！這時候他媽的要慢……」一刻閉上嘴、瞪大眼，怔怔地望著轉瞬間便在祠堂前堆砌出來的龐然大物。

石灰色的猙獰異獸伏下身，雙翅垂下，待四抹人影全都坐上後，它張口長嘯，堅硬的碩大翅膀猛地拍振！

第十一章

柯維安無預警感覺腳下一空，失速的下墜感讓他猛然一驚，張開了眼睛。發現自己還是坐在別館大廳的沙發上，柯維安抹把臉，鬆口氣地往後靠。

原來自己睡著了，還作夢……等等！自己這是睡了多久？

柯維安立刻又挺直背，飛速抽出口袋的手機，上頭顯示的時間是七點半。

七點半，也就是說祭典隊伍出發了四十多分鐘……那應該還沒那麼快就回來。

意識到自己沒睡太久，柯維安再次安下心。昨日他消耗的體力本來就大，加上半夜還偷偷摸摸去本館，才會在隊伍進入棲離山不久後，就忍不住在沙發上打起瞌睡，沒想到不知不覺中真的睡著了。

塞回手機，柯維安站起身子，伸個懶腰，準備向蘇染他們說抱歉。但他的手臂才伸到一半，就僵住不動了。

蘇染、蘇冉也在大廳，就坐在另一邊的沙發上。

然而外貌相似的兩人卻也闔著眼，看起來沉沉地陷入夢鄉。

柯維安呆了呆，第一個想到的就是他們也太累了嗎？可是緊接著，他否決這個猜測。

不對，先不論蘇染、蘇冉兩人的體力勝過自己太多，就柯維安對他們的認識，那一對雙胞胎在執行任務期間，完美得一絲不苟，不可能雙雙放鬆警戒。

柯維安馬上靠過去，推推這個，再晃晃另一個。

「小白的青梅竹馬一號和二號？蘇染、蘇冉？蘇染、蘇冉！」

可不論柯維安怎麼喊、怎麼推晃，沙發上的男孩和女孩一點反應也沒有。

逼不得已，柯維安深吸口氣，然後義無反顧地大喊。

「小白和班代去約會看電影了！今晚說不定就在外面過夜，不回來了！」

柯維安的叫喊使上全力，估計整棟別館都能聽見。

但是，依舊沒有反應。

蘇染、蘇冉的意識簡直像沉到最深處的黑暗中。

這下柯維安很肯定，事情不止是不對勁，而是大大的不對勁！

「靠靠靠，這怎麼回事？我睡著的時候是出了……黑令！」柯維安驀地大叫，發現現場還有個人不見蹤影。況且他剛剛音量那麼大，黑令再怎樣也該出來冒個泡，吱一聲吧？

「黑令！黑令！出點聲音讓我知道你還醒著！」柯維安扯著嗓子大叫，急急往樓上跑。

可是四樓房裡並沒有人，包括其他樓層的陰暗角落，也沒見到那抹大個子窩著。

四處找不到人的柯維安幾乎想揪扯自己的頭髮，可是他霍然又想到，還有個最有可能的地方漏了找。

廚房！

柯維安乒乒乓乓再衝下樓，也不管樓梯被他踩得像是發生了爆炸般的聲響。他一路直奔廚房，果然見到桌前趴著一抹存在感強烈的影子。

黑令趴在桌上，也睡著了。

「黑令？黑令！喂，黑令！」對待黑令，柯維安就不像對待蘇染、蘇冉一樣輕手輕腳。他粗魯地抓著對方的肩猛搖一通，但同樣沒收到反應。

柯維安敢發誓，黑令這絕對不是睡著，而是該死的也陷入昏迷了！

到底是什麼情況，能讓這名天才狩妖士也著了道？

就柯維安所知，黑令的敏銳就和野獸直覺差不多。

要是說有人能弄昏黑令，柯維安還寧願相信對方是誤吃什麼才……等等！

柯維安的思緒倏地凍結。

蘇染、蘇冉和黑令都昏過去了，他們的確有個共通點。他們三人都吃，不，是喝過一樣的東西。

他們都喝了平安茶。

柯維安沒將自己也算進去，因爲他知道自己的體質因爲「某個原因」，和一般人類並不一樣。

平安茶是伍書響兩人送來，但他們不可能在裡面下藥……柯維安內心忽地生起寒意。有個人，可以對茶動手腳，而完全不會被人發現。

——負責煮茶的符芍音。

「不……不可能吧？怎麼會是小芍音？」柯維安結結巴巴地嚷。他大力甩甩頭，像是爲了甩去這荒謬卻又難以忽視的念頭。

柯維安猛地再抓住黑令的肩膀，一咬牙，就要仿效自己前室友最有效的招式，直接一記頭鎚敲下去。

想當初他家小白可是連失控的半妖都有辦法拉回意識，他就不信這樣還叫不醒這個倉鼠星的巨大……！

柯維安的臉被人一掌扣住。

娃娃臉男孩瞪大眼，從骨節修長的手指與手指間，看見一雙淺灰色凌厲眼睛正氣勢恐怖地咬住他。

那瞬間，柯維安覺得自己就像被蛇盯上的青蛙，動彈不得。

隨後，那雙張開的灰瞳就像在確認似地微瞇，接著黑令驟然鬆開手，像是又要倒回桌面。

「媽啦！不是這樣的吧？黑令，給我振作一點！」柯維安被這一幕驚得趕忙再抓住對方的肩，不讓人再倒回去，「有聽見我說話了嗎？有的話就吱一聲，沒的話就喵一聲！」

「……汪。」黑令揮開柯維安的手，靠著椅背，看起來比平時更無精打采、更提不起勁，「很吵。」

「……你以爲我願意？」似乎被那聲「汪」震住，柯維安半晌後才吶吶地說，「不對，現在可不是管吵不吵的時候。你也有喝平安茶吧？爲什麼你就叫得起來，小白他家的青梅竹馬就不行？」

「茶難喝，一口後就全倒了。」黑令微闔著眼，說話速度也慢上幾分。

……他回答得有夠理直氣壯！柯維安吃驚地瞪著黑令。換作一般人，都會照規矩，把主人家送上的茶水喝完的吧？尤其現在還在祭典中……好吧，黑令不是一般人，他是外星人。

柯維安將吃驚嚥下，此時更慶幸的是幸好黑令只喝了一口，才不至於醒不過來。

「你喝了，但沒事？」黑令神智還因藥效昏沉，但不代表他會忽視關鍵部分。

「呃，我體質特殊……這不重要！總之你還站得……」柯維安的話忽地斷成兩截，他注意到黑令的目光不再對著自己的臉，而是……

「金色的字，在碎裂，你的皮膚。」黑令使勁地眨下眼，但烙進眼裡的影像並沒有消失。

柯維安的手臂還有脖子，甚至臉部，赫然有著奇異的金色文字。它們有的接連一塊，有的中間是大片空白。而在空白邊緣的金字，正一點一滴地碎裂、消失，製造更多空白。

黑令不自覺地想要伸手碰觸，但柯維安的手臂猛地收在背後。

黑令抬起眼，發現面前娃娃臉男孩的脖子和臉部都沒看見金字的存在，可對方的表情是從未見過的嚴峻恐怖。

黑令罕見地流露一絲迷惑，「是我……眼花？」

「對！你鐵定眼花，估計是藥的後遺症！」柯維安表情驟然放鬆，像是前一秒什麼事都沒發生般急急說道：「站得起來嗎？能走嗎？我們得立刻聯絡小白……啊靠！那個破規矩，小白他們的手機都在這！」

猛然憶起因爲彡月祭的規定，入山者的手機都不能放身上，柯維安懊惱地想再多罵幾輪，只是眼下明顯不適合再浪費時間。

見黑令雖然還有些不穩，但總歸能自己行動，柯維安二話不說地拉著人，又趕回大廳。

「給你一個任務，留在這看好我家小白的青梅竹馬。」柯維安大力將黑令按在沙發上。也只有這種時候，他的力氣才有辦法比拚得過對方，「我會給你們畫個結界，有問題打我手機。我先去本館那看看，再上棲離山找小白他們。」

黑令用眼神表示他拒絕這個任務。

「別傻了，黑令。」柯維安不留情地指出事實，「你要是還有足夠的戰鬥力，就不會坐在沙發上了。」

「藥效過，就有。」

「那就等藥效過再說。現在你要是遇到什麼危險，只有受傷跟送命的份，不准再跟我爭那不重要的事，我說了算！」柯維安難得嚴厲地板著臉，不容反駁地喊道。

黑令別開臉，低低地嘖了聲。

柯維安一點也不在意那名身高一百九的青年是不是在鬧什麼脾氣。他抄起擱在桌上的筆電，伸手往螢幕探去，瞬時從如水面柔軟的螢幕底下，抽出一支蘸著金墨的巨大毛筆。

將筆電塞進包包裡，柯維安飛也似地在坐著三人的沙發周圍畫出一圈金亮痕跡，再補上幾個圖紋，便俐落地收住筆勢。

金墨也剎那隱入地面。

「記得有事打我手機。」柯維安嚴肅地交代。不管有沒有收到回應，他轉身就往門口方向跑去，準備先到本館一探究竟。

可就在柯維安剛跑到玄關處，大門另一邊猛然響起一陣驚天動地的拍響。

「有人在嗎？還有人在嗎？」女孩子的叫嚷慌亂急促，「蘇染姊姊，你們還在嗎？開門……你們在的話，拜託你們開門啊！」

是符廊香的聲音！

在祭典時便到本館去的符廊香，怎會忽然跑回別館？

不對，符廊香還醒著，她沒喝下平安茶嗎？

幾種猜測在柯維安心裡轉動，可他的動作也沒遲疑。

在屋外宛如瀕臨歇斯底里的哭叫聲中，他讓毛筆散作光點，在被袖子遮住的手臂內側環成一個圈，緊接著迅速一把拉開大門。

門外是氣喘吁吁、看起來像要哭出來的符廊香。

她似乎嚇壞了，臉蛋煞白，大眼睛泛紅，紅茶色鬈髮凌亂地披散著，就好像飽受驚嚇的小動物。

柯維安一愣，連忙往後退開，想讓符廊香趕緊進入屋內。

符廊香顯然受驚不小，雙手環著肩頭，一時間呆站在外邊，彷彿沒想到門真的打開了。

「怎麼了？趕緊進來啊。」柯維安催促道，乾脆伸手拉住符廊香的手臂，接觸到的冰涼皮膚讓他登時嚇了一跳。

好冰！

雖然是晚間，但現在還是夏夜時分，外頭的氣溫應該不會太低……柯維安內心疑惑，一邊想拉著人趕快往大廳走。一來可以讓女孩子好好休息，二來也可以順便打探本館情況。

「咦？蘇染姊姊他們……」甫進入大廳，符廊香就吃驚地張大嘴，望著沙發上看起來像是睡著的蘇染、蘇冉。

「呃……對、對，他們睡著了，所以我們小聲一點。」柯維安安置符廊香坐到另一邊，以免符廊香察覺到不對勁，「廊香，本館那發生了什麼事？妳怎麼……」

柯維安的話還未說完，就聽見一聲劇烈的拍打聲。

啪！

像有東西撞在玻璃上。

柯維安一驚，立即環視玻璃窗。

但除了深闃的夜色，一點異樣也沒發現。

錯覺嗎？柯維安回頭望了眼符廊香，後者一臉驚魂未定的表情，顯然也聽到那聲異響。

下一秒，聲音猛然又來了。

啪、啪、啪！

窗外依然什麼也沒有。

但柯維安注意到，離自己最近的一扇窗玻璃似乎產生了微微的震動，就像有雙看不見的手拍打得太用力，才會留下震盪的餘波。

柯維安沒辦法假裝什麼事也沒有，他深吸一口氣，謹慎地向那扇窗一步步靠近。

柯維安將臉湊近玻璃，外頭還是空無一物，更遑論人影。

他說不上是覺得安心或其他心情，正當要準備退開，說時遲、那時快，本該只有黝黑夜色盤踞的窗外，猝然浮現了一張臉。

以極快速度，重重地拍撞在玻璃窗上。

啪！

「嚇！」柯維安被嚇得連退數步，險些站不穩。當他瞧清那張臉後，倒抽一口氣。

那不是人的臉，而是罩著粗糙的麻布袋，上頭畫著拙劣歪斜的蠟筆五官。麻布袋的邊角還別了一朵花，只是那花不但沒有增加一絲美感，反倒添加了詭譎的氣氛。

除了臉部，兩隻用稻草紮成的手掌也緊緊地貼著窗戶。

夜間裡，看起來駭人又詭異。

柯維安一眼就認出來，那正是乞月祭專用的稻草人。

但它們應該在村郊的田間……爲什麼會突然出現在這裡？

柯維安微白著臉，往後與窗戶再拉開幾步距離。他不認爲是有人扛著稻草人惡作劇，他剛剛確認過了，外頭眞的空無一人。

「我……我的天……」符廊香呻吟似的害怕聲音響起，「那、那是什麼……爲什麼會有稻草人……」

「這個就算問我，我也……」柯維安乾巴巴地說，視線不敢離開窗子分毫，「我們得慶幸只有一個，而不是全田裡的稻草人都……幹！」

柯維安很少會罵出這個字，他向來比較偏好更像口頭禪之類的「靠」或「我靠」。而一旦碰上他罵出「幹」字，就表示事情有問題，大大的有問題。

柯維安簡直想抽自己一巴掌，真是好的不靈壞的靈！

不止是他正對著的那扇窗戶，其他視線可及的玻璃窗外邊，剎那間都貼上了一張又一張麻布袋的臉。

一樣是蠟筆畫的五官，嘴巴的線條歪歪斜斜、像要裂開；差別或許只在於有沒有戴著花。

那些嚇人的麻布袋臉孔全都瞬也不瞬地盯著屋內人，彷彿將之當成獵物。

那景象，著實令人毛骨悚然……

柯維安力持鎮定，迅速點算了下窗外的臉孔。

一、二、三、四、五、六、七，共有七個稻草人。

柯維安心底忍不住震了下，這個數字，讓他無可避免地想到另外七名孩童亡靈。

但它們應該被封印在祠堂的石塊裡……還是說，祠堂那邊出了什麼事？

小白他們！

柯維安不禁心焦如焚，巴不得能插翅趕到棲離山的同伴身邊。然而眼下情況，卻又逼得他進退不得。

如果這時候蘇染、蘇冉和黑令都沒喝下茶，突破外邊的包圍趕到山上，絕對不是什麼問題……可惜事情沒有如果。

唯一慶幸的是，那些稻草人一時半刻不像會闖進來。

柯維安剛安下心，窗外猛地又是陣陣拍響。

由稻草製成的手掌大力瘋狂拍打著，連綿的拍打聲乍聽之下就像一陣驟雨。

柯維安心臟重重一跳，深怕玻璃被那些稻草人拍裂。可隨後，他發覺它們像眞的進不來。

「難不成……」柯維安詫異地喃喃，想到了一件事，「我的確聽說過，所謂『家』也是一種結界，能擋住未被邀請的不速之客，使它們無法進來……」

「也就是說……」符廊香小小聲地問，「沒答應讓它們進來的話，它們就進不來囉？可是昨天的通靈板……」

「那是因爲我們請它過來。」

「那前天的那五名孩子呢？」

「那是因爲梁子奕早被附身，才進得……」

柯維安的最後一字倏然卡住，他到現在才意識到符廊香問了什麼，自己又回答了什麼。

昨日才抵達符家的符廊香，爲什麼會知道前夜的事？

他們不可能告訴她，符芎音也不可能跟她說，更不用說小伍、小陸他們的部分記憶被灰幻動了手腳。

暫時忘記窗外的威脅，柯維安僵硬地扭過頭。

紅茶髮色的娃娃臉少女笑吟吟地回望著他，手上還端著個小巧瓷杯。她抿了一口茶水，又將杯緣拉離自己嘴唇。

她將桌上的茶水拿來喝了。

可問題是，那幾杯是尚未被碰過的平安茶。

「唉啊，這茶不能喝嗎？」也不知道是不是故意誤解柯維安震驚的眼神，符廊香歪著頭，神情天眞地問，「但我在本館都喝了好幾杯啦，他們說是芍音煮的。可是不知道爲什麼，大家喝了都睡著了。」

冰冷的顫慄頓時爬至柯維安四肢百骸。

那明明是下了藥的茶水，一般人喝了之後怎麼可能沒事？

「維安哥哥，你好像很震驚？那麼你的同伴要是在你面前四分五裂，你會不會更震驚、甚至哭出來呢？我啊……眞的好想知道啊！」

符廊香霍然踢起桌子，沉重的長桌竟然被細瘦的腳踢得飛起。

緊接著，符廊香的右手臂變化爲詭異的乾枯大爪，鋒利的爪尖眨眼就在桌前割劃數十道。

長桌瞬間迸散爲無數塊，前端尖銳，全都朝著蘇染他們所在的沙發而去。

那速度快得柯維安措手不及。

就連黑令也因藥效影響，來不及凝聚出旋刃。

當黑令的掌心剛浮現銀紫色光點時，所有銳物已然逼近。

但符廊香滿心期待的殘酷場景卻沒有出現。

千鈞一髮之際，一圈金色障壁倏地自地面暴起，上頭的金篆字體不約而同地流轉著光芒，將逼來的銳物盡數擋下。

「什麼？這樣太狡猾了！」符廊香不滿地嚷嚷，像是小女生大發嬌嗔，然而從那張紅潤嘴唇中吐出的字字句句，都像摻了毒液，「死掉的話，就好了啊。或者是眼睛、嘴巴被扎穿……這樣眞的、眞的太狡猾了哪，維安哥哥。」

符廊香的頭驀地扭轉，大而圓的眼睛指控地瞅著柯維安。

柯維安心裡給自己先前預防萬一的舉動按讚，同時他也無法確定，現在究竟是外頭不得其門而入的七個稻草人可怕，還是眼前只有腦袋一百八十度扭轉的符廊香更嚇人。

……靠杯啊！都一樣嚇人好不好！柯維安內心咆哮，雙腳猛地發勁衝出。他抓下揹著的包包，大力往沙發上的黑令砸去，當下砸中了那隻正凝聚旋刃的手，阻止了黑令的動作。

「沒戰鬥力的傢伙拔啥刀？不准破壞我的結界，給我乖乖待在裡面！」柯維安大叫，一手飛速往袖口探去，將環成一圈的金色光帶扯下。

光帶霎時還原成巨大毛筆。

柯維安二話不說，迅雷不及掩耳地將筆尖對著符廊香揮劃，金艷墨漬飛揚。

符廊香瞳孔凝縮，直覺感到危險，急急往後跳躍，但仍有幾滴金墨濺上她的皮膚。

宛如被淋下高濃度的酸性液體，滋滋聲頓時響起。

符廊香看著冒出白煙、被腐蝕出幾個小洞的手背，可愛的臉蛋皺起，「會痛啊，維安哥哥……你怎能破壞我的身體？」

「不管妳是什麼玩意，只要妳滾出符廊香的體內，她的身體就不會有事了！」柯維安嘴上也不客氣，雙眼緊盯著對方，好預防她的下一步動作。

「好過分，昨天明明還跟我一起玩得好好的。」大廳寬敞，符廊香沿著外圈緩緩繞著圈子。她的左手與常人無異，除了上面被燙出幾個小洞，右手仍舊是可怖的外表，「本來我一個人就行，但其他人也想來。大家雖然忘了一些事情，可還是記得『符』的。」

「小白呢？你們對小白他們做了什麼？」

「欸？一下就猜到大家是從祠堂來的，哥哥眞聰明！你另外的朋友還好好的，我們的目標也不是他們。」

「別叫我哥哥！我擔當不起有妳這樣的妹妹！」

「居然這樣說？我好難過喔……我明明還陪你們玩的，陪你的朋友，陪符家人。」符廊香伸手撩起頭髮，將呈現詭異角度的頭再扳回。

客廳裡響起「喀嚓」一聲響，令人心驚膽跳。

但柯維安已看見原本被髮絲遮住的灼燙疤痕，形狀肖似指印。

符廊香歪著頭，姿態是說不出的天真，「我想問你一個問題。」

「不愛，從沒愛過！」

「噗哈哈！維安哥哥，你真有趣，不過我倒是很愛你唷。對了，我要問的是，你怎麼沒像大家都昏倒呢？你沒喝茶嗎？還是說你喝了，但因為……」

「這與妳無關吧！再說一次，滾出符廊香的身體！我知道妳是什麼了，妳是那個被通靈板召來的靈，妳是昨夜假扮小芍音的靈，妳就是被『符』殺死的第十三個孩子！」柯維安疾速再出手，毛筆如長槍脫出虎口，帶出一束金色熾芒。

同時間，柯維安也快步追上。待毛筆被符廊香驚險閃過，他立刻心念轉動，毛筆散逸光點，下一秒再出現於手中。

拉近雙方距離的柯維安再次攻擊，鮮明的艷麗墨漬在空中斬出一道粗長的痕跡，旋即又被加上橫劃。

成為十字的金墨，如同鎖定目標的準星。

「去！」柯維安以雷霆之勢，毛筆重重撞擊十字中心。

十字形的金色準星飛也似地迎撞向符廊香的方向。

心知這一下若沒閃過，必會大吃苦頭的符廊香臉色驟變。她連忙擺晃左手，原本狀似尋常人的手臂，在瞬間竟像海葵撕裂伸展，分解出數道弧形觸手。

符廊香的左手立時攀抓住天花板，身子提高，及時避閃過來勢洶洶的攻擊。

符廊香心下剛鬆口氣，轉瞬間卻又驚覺到下方長沙發上，竟少了一個人！

「我朋友的攻擊，妳爲何躲？」

低低的嗓音，猝不及防地在符廊香耳後落下。

「什麼！」

這聲驚詫的大叫不單是出自符廊香之口，就連柯維安也不敢置信地瞪圓了眼喊道。

只不過柯維安還多喊了一聲：「黑令！」

符廊香尚不及扭頭，頓覺手上一空，身子刹那間往下跌墜。

失去連繫的古怪左手還貼在天花板上，符廊香卻已重摔得出現短暫的頭昏眼花。

接著左手也砸了下來，在地板上發出響亮聲響。

目睹銀紫旋刃削斷符廊香手臂的柯維安有絲呆然，他瞪著那隻手臂，變成硬邦邦的木頭手臂。

被亡靈寄附的人……有可能發生這樣的變化嗎？

柯維安腦海猶亂糟糟的，可一看見黑令落地，便東倒西歪地跌下時，他急忙一個箭步衝過去。

「我靠靠！黑令，你他媽的在想什麼？而且你還破了我的結界！」柯維安使勁撐住那具有一百九以上的大塊頭，慶幸還好有神使的力量幫忙，否則別說撐住，他直接就要被壓扁了。

但幫忙撐住歸幫忙撐住，柯維安毫不掩飾怒氣，衝著黑令大聲嚷嚷：「你眞的是腦袋有洞嗎？」

「好吵。」黑令靠著沙發椅背滑坐下身子，突來的劇烈行動讓他的頭更暈，眼前怒氣沖沖的娃娃臉也像分散成兩張。他伸手堵住耳朵，慢慢地說：「新的結界，我補了。」

咦？柯維安扭頭一看，登時眞發現蘇染、蘇冉待著的沙發旁，被符紙和咒紋包圍。

「別、再、把、自、己、當、超、人！」柯維安還是咬牙切齒地警告，「你可能會沒命，我說眞的！」

「哥哥的朋友沒命的話，身體可以給我嗎？我比較想要充滿靈力的身體。」符廊香拖著身子，緩緩地站起，她的斷臂切面也呈現木頭紋路，「雖然你一直叫我滾出符廊香的身體，但我本來就是符廊香，這本來就是我的身體呀。」

柯維安不敢大意地緊盯著那名詭異的少女。

「不過你多了幫手，那我也要找幫手了，總不好意思讓大家繼續當觀眾。」符廊香撿起手臂，彷彿組裝零件般將之接回去，她的左手一下子活動自如。

「對了，有個部分，維安哥哥你說錯了，第十三個小孩當年沒被殺死唷。」符廊香的笑靨天眞爛漫，「因爲你，因爲那個身體，不是還活得好好的嗎？」

柯維安瞬間如墜冰窖。

但連他自己也無法確定，究竟是因爲符廊香驚人的話語，或是如入無人之境，直接穿過窗戶進入到別館大廳的七名稻草人。

「好啦，哥哥你要注意點喔，大家來玩吧！」符廊香歡快地大笑，雙手舞動，她的指尖不知何時出現了一把青色絲線。

一、二、三、四、五、六、七，另一端赫然接連在七名稻草人身上。

隨著符廊香操引木偶般大力擺晃雙手，稻草人們也在刹那間一窩蜂逼向了柯維安和黑令。

柯維安大腦一片混亂，他完全沒辦法好好思考。可不論是進入眼裡和耳裡的都揮之不去，這當下，他本能性地行動。

他最先反應過來的是——不能讓非戰鬥人員也捲入其中！

柯維安的毛筆往地面按壓，筆尖岔開，畫出了個凌亂的圓形，將黑令困在裡頭。

「別出來，不准出來！看重你自己的命！」柯維安收住筆勢，一個跳躍踩上沙發，將椅背當成橋梁地奔向另一方，「嘿！你們幾個！看這裡，這裡！」

柯維安的大聲叫喊吸引了七名稻草人的注意力。

它們改變方向，在身上還接連青絲的情況下，不約而同圍堵住柯維安，展開了攻擊。

麻布袋上的五官做出猙獰的表情，從袖口伸出的稻草轉眼抽長，末端尖利，像泛上金屬的光，乍看之下宛若枯黃色的利爪。

柯維安躲閃得狼狽，那些稻草人比他想像的敏銳靈活，接二連三揮來的爪子讓他有些左支右絀，但總算還是有驚無險地避開了致命的攻擊，只是身上和臉上的皮肉傷少不了。

短短幾輪，大廳被破壞得凌亂不堪，到處是利爪留下的嚇人痕跡。家具和擺設倒了大半，只有蘇染、蘇冉、黑令所在之處，因爲結界的保護仍維持完好無缺。

蘸著金艷墨水的毛筆不時在空中、地面烙下艷麗的筆劃，有時是勾撇，有時是一筆到底，毫無轉折。

這些富有神力的字跡阻礙了稻草人的圍擊，它們的行動不再那麼順利。尤其是它們還要避免金墨落到自己身上，那會帶來令人厭惡的痛苦。

可是同樣地，這也不代表柯維安就能藉此討得了好處。

符廊香的操縱太狡猾，青絲在她雙手間就像有了生命。隨著她白皙的十指翩翩舞動，稻草人下一波的進攻更難以預防。它們從上、從下、從左、從右，從四面八方，以刁鑽的角度躲過那支威風凜凜的毛筆。

其中一名稻草人趁隙貼近柯維安，它的雙手恢復枯黃稻草，猛地摸上柯維安的臉。

稻草人說：「我認得你了，我記得你了……維安，爲什麼只有你還活著？爲什麼你沒死？」

所有稻草人齊聲淒厲控訴：「爲什麼你沒死？你不是該和我們一樣，在二十年前就被『符』殺了嗎！」

「不對……不對！」柯維安猛地將前額撞上稻草人頭部，額上神紋金光流轉，同時抓握在手裡的毛筆也毫不猶豫地往下大力一按。

「一筆蓮華，華光綻！」

金墨飛散，那些先前凌亂的字跡一併竄閃過光芒，在柯維安和稻草人的腳下，接連出一個潦草的篆體字。

「前！」

金篆頓如大刀，筆直地朝符廊香直衝。

紅茶髮色少女狼狽不堪地往旁奮地一撲，讓金耀光芒貫穿了青絲，直沒入後頭的壁面裡。

符廊香躲過了，然而在金光軌道上的稻草人卻沒有躲過。

它們被暴起的光芒切得七零八落，大把大把的稻草從破爛的衣裡掉落出來，飄至地面。

柯維安差點站不住腳地往後跌，他抓著毛筆撐穩，大口喘著氣，可他的眼就像要噴出勃然大火。

「不要想擾亂我！二十年前我才剛出生，那麼大的時間BUG也好意思說出來嗎？青色的絲線……符廊香，不管是本尊或分身，原來情絲在妳身上！那五個童靈，還有這七個，它們都被妳改了記憶，是不是？」

「噗哈哈哈！」符廊香坐在地上，卻是大笑，她笑得像連眼淚也要流出來，「維安哥哥，你有時很聰明，有時卻很笨耶。不然你先想想，爲什麼那七個靈能進來呢？」

柯維安下意識便要回答出「是妳讓它們進來」，可是話未出口，就先卡在舌尖。

柯維安想到了，倘若「家」是種阻擋不速之客的結界……出聲邀請的人，是誰？

「喔，你想到了。」符廊香從柯維安的表情猜出一二，「說『趕緊進來』的可是你，它們又不附在我身上，當然不是我帶進來的。還有這些絲線，你也只說對一半。」

符廊香高舉起手，笑得甜甜的。

柯維安卻是駭然，理應被斬斷的絲線又接連在一起，再次好端端地纏在符廊香指間。

「絲線是情絲給我的，畢竟那七名童靈的記憶有缺失。對，就像另外五人。它們都忘記『符』對它們具體做過什麼事，只剩下本能對『符』的怨恨。」符廊香放輕了嗓音，像在述說一則美好的故事。

「所以啊，才要這些絲線幫忙。你看，它們已經記起你了……你知道嗎？除了特殊原因，情絲抹去的記憶，只有情絲能恢復。不是竄改，是抹滅、是忘卻。至於這些絲線，可以斬斷，卻消滅不了它們，只有『鳴火』才燒得盡。」

鳴火？那又是什麼？柯維安分了一小部分心思去思考，可大部分心思都被一團不安籠罩。

符廊香到底是什麼？她並不像普通的亡靈入侵人體……唯一能確定的，就是她和情絲是同伴！

「維安哥哥，情絲是誰，我不會告訴你的，反正很快你們也會知道。不過我可以告訴你，體內有情絲碎片的人，會和這些絲線……產生共鳴！」

符廊香大力躍起，手上青絲一甩，脫離稻草人身上的絲線登時欲纏向柯維安。

柯維安腦內亂七八糟，太多太多的訊息塞得他難以思考。他的心臟狂跳，無法言喻的鳴顫聲好似在耳邊徘徊不去。

那是什麼？共鳴嗎……是誰和什麼共鳴？

柯維安發現自己沒辦法繼續細思，彷彿有塊黑色物體堵在前方，他只知道……跑！

不能讓那些絲線沾到身！

「快想起來啊，維安哥哥，快想起你忘了什麼。想起我跟你，是一樣的存在呀……」

符廊香甜如蜜的低語。大大的眼睛，臉頰、鼻尖的雀斑，還有鬈翹的髮絲，乍看下都與柯維安如此相似。

「胡扯、胡扯！妳那只是胡說八道！」柯維安倏地在身前揮下一筆，金色的障壁瞬間硬生生攔下青絲進逼，「符廊香，胡言亂語也要有個限度……妳當眞知道我是什麼嗎？妳——」

柯維安瞳孔急遽收縮，他瞪大了眼，看見符廊香也面露驚愕。她瞪圓眼睛的神態，和柯維安簡直如出一轍。

符廊香會錯愕，甚至會震驚是理所當然的。因爲她的身體在措手不及間，被人由後大力扣住。有兩隻手臂從她的胳膊下穿過，緊緊地扣鎖住她的雙肩，束縛了她的行動。

在這座破敗的大廳內，只剩下一個人還有辦法行動。

黑令。

黑令竟然再次破壞柯維安的結界了！

符廊香驚愕過後便咯咯大笑，她仰高臉，嘲笑地瞥睨著身後的灰髮青年。

「唉啊，你抓住我了，然後呢？我輕易就可以甩開你！」符廊香猛地使勁，卻驚異地發現那兩條手臂就像鐵條，牢牢地鎖著自己。

符廊香惱怒地彈下舌，身後的狩妖士顯然將全部的氣力拿來壓制住自己。

「但是，又如何？難道你要維安哥哥用他的武器，連你一起貫穿嗎？扎進我，連同你一起？」符廊香又樂不可支地笑起，她衝著柯維安喊，「快啊，哥哥！神使的武器刺進狩妖士體內會怎樣？我眞想看到！」

柯維安面色蒼白，手指微顫。

符廊香得意極了，她就知道柯維安不可能做得到。至於後頭礙事的人，只要……

可是符廊香作夢也沒想到，高大的灰髮青年會低下頭，湊在她耳邊，溫吞又平淡地說：

「不是他，是我。」

那平緩得就像隨時會斷裂的話聲猶迴盪在耳邊，說時遲、那時快，符廊香的前方瞬間閃耀出銀紫色光點。

當那些光點瞄準符廊香心口，疾速飛出的同時，它的形狀也隨之改變，成了一把巨大鋒利的旋刃。

在全速衝刺下、在符廊香恐懼的尖叫和柯維安驚駭的咆哮中——

「不要！」

「黑令，住手！」

挾帶雷霆之勢的旋刃以截然不同的安靜，安靜地沒入符廊香的胸口，然後貫穿了後方黑令的身體。

黑令皺起眉，就像這理應痛苦萬分的疼痛，只帶給他這種程度的影響。

銀紫色旋刃刺入兩人體內後，登時又散逸成大把光點。

黑令霍地鬆開箝制，無視開在自己身上的血洞，他猝然抓住符廊香的一隻手臂，將她往另一方扔甩。

藥效未退和傷口的疼痛，多少讓黑令失了些準頭，可是他還是扔在他想要的範圍了。

於是黑令放任自己跌坐地面，五指併攏，往符廊香的上方一揮。

符廊香瞠大眼，恐懼的表情還凝在臉上。她的眼內倒映入旋刃再次出現，迅速俐落地斬斷吊燈上的支架。

沉重的枝型吊燈筆直地往她身上砸下。

第十二章

嚇人的聲響像震回了柯維安的意識、神智。

目睹面前的慘狀，他的臉煞白得連一絲血色也沒有。

黑令身上的暗紅血漬宛若烈火，狠狠地灼痛了柯維安的眼。血的範圍還在擴大。

柯維安不成調地悲鳴出聲，毛筆一丟，連跑帶跌地衝向黑令。

「該死的、該死的！我的天啊……」柯維安的吶喊像在哀號。

就算旋刃貫入的位置不是胸口，而是更下方，那也是駭人的傷勢。

柯維安腦袋全亂了，他急急地將手壓按上傷口，希望能幫忙止血，但汩汩淌出的鮮血一下就將他的手也染得滿是血污。

柯維安不是第一次見人受傷，他自己、或是公會同伴，都曾受過不少傷。可他們是神使、是妖怪，而黑令只是狩妖士，靈力比常人強的普通人類！

柯維安從來沒有覺得這麼孤立無援過，他想要大叫自己最信任朋友的名字，可他們不在。此時他的身邊，沒有一個人幫得上他。

「你爲什麼要這樣做？黑令、黑令，你該死的爲什麼要做這種蠢事！你想害死你自己嗎？白痴！」

柯維安激不擇言地怒吼，雙手卻不敢鬆懈一絲力道。

「你到底是多不把自己的命當一回事！」

即使是用狠絕的手段讓自己一併受了傷，黑令的眼神還是平靜得接近直率，什麼心思也不多加隱藏，讓人一望到底。

黑令緩慢地，以不會拉動傷口的方式吸氣，然後他說：「我不能理解，連同你上次問過的。當一回事，很重要？這樣最快，而且你也會沒事。很多事情，都太無聊了，包括活著。既然可以利用的東西，爲什麼不拿來利用？」

柯維安腦海當下一片空白，他連自己放開按壓在傷口上的手也不自知。

黑令……說了什麼？因爲這樣最快？因爲可以利用？

因爲把命當一回事……對他而言並不重要，是嗎？

「可是我啊……」柯維安臉上的表情也成了空白，他喃喃地說，「我啊……」

下一秒，柯維安臉部覆上勃然大怒，恐怖的猙獰神情扭曲了他的娃娃臉，他霍地一拳重重往黑令臉頰砸上。

「我不希罕你那種愚蠢的保護！至於你不想要的東西、你不當一回事的東西，我該死的想要啊！黑令！」

柯維安沾滿血污的手指猝然扣住黑令的頸子，過猛的力道將黑令整個人猛力按倒在地。

柯維安拉開扭曲的笑，但那看起來又像是哭。他的眼裡是瘋狂的焰火，從他掐著黑令脖子的指尖開始，皮膚底下像有什麼終於掙脫出來。

一個字、兩個字、三個字……無數金色古字環環相扣，有如枷鎖般攀繞至柯維安全身，直至臉上。但有的部分卻是大片空白，金字像在那碎裂、崩解。

而崩解還沒有停止，柯維安身上的金字還在持續碎裂，一個字接一個字。

黑令感覺到氣管因爲壓迫傳來疼痛，但他沒有爲此分散絲毫注意力，目不轉睛地看著失控的柯維安。

左手、左臂、左邊頸項、左邊臉龐，上頭的皮膚肌肉都在消失，成了可怕的森森白骨。

半人半骷髏的男孩就像發了狂，厲聲咆哮：「我好不容易才能活！我想活想得要死，你卻那麼不想要！你不想要的話，就把它給我！把它給我啊——」

轟然聲響霎時蓋過柯維安的尖喊，別館大廳的牆壁被某個龐然大物從外衝撞得坍了，大塊大塊的水泥塊夾雜著粉塵砸上了地。

破壞別館衝入的，是頭奇形怪狀的石造野獸，自上頭迅雷不及掩耳地跳下數條人影。

「柯維安！蘇染、蘇冉！」一刻大力揮開漫天飛揚的細沙粉末，滿腔焦急都繫在同伴們的

身上，「柯維——」

然後一刻的聲音死死地被絞住了。

就算枝型吊燈砸落在地板，大廳裡的其他燈光還是亮著。

一刻看見蘇染、蘇冉沉沉地靠躺在沙發上，看見吊燈下壓著一個人，但一點血也沒有。還看見自己熟悉的娃娃臉男孩，竟是半邊臉成了森森白骨，難辨的金字像鎖鍊般爬滿全身，又像風化似地不時有金字撲簌崩碎、消失……

一刻曾以為自己昨日看見的是錯覺，可如今那強烈鮮明的一幕，正重重撞進他的眼內。

不僅如此，他更看見柯維安的手指掐壓在黑令頸子上。

黑令的衣前是駭人的血漬擴染。

「柯維安！」一刻不知發生了什麼，他只知道不能讓柯維安做出會讓自己後悔的事。

那聲暴喝像是震住了柯維安，他放開手指，大大的眼睛和凹深的眼洞溢下淚水。

柯維安像是笑，更像是絕望，「我沒辦法……小白，我不想讓你們看到，但禁制破了……所以求你們別看……求你們別看！」

柯維安摀著臉悲喊，手上的血污和臉上的淚水交織。

一刻豈可能照著那話去做，只是卻有人的動作比他更快。

一道嬌小人影快若黑色閃電，瞬間已伸手探住柯維安的肩膀。

符芍音一個使勁，扯開了柯維安。趁誰也來不及反應過來時，她的另一隻纖細手臂以不符合外貌的力道，拽起地面的黑令。

「楊百罌，想辦法幫黑家小鬼止血！」符芍音的話聲未落，手上的人已朝楊百罌方向扔去，「公會的負責顧守，我來穩住柯維安！」

符芍音語速飛快，手上速度更快。只見她立即咬破食指，逼出鮮血，扯過柯維安化成白骨的那隻手臂，飛也似地往上一路寫畫。

紅血暈開，成了古怪的符紋。

楊百罌和一刻雖被這變故震住，但符芍音稚氣冷峻的聲音就像盆冷水，澆淋得他們一顫，即時依言而動。

楊百罌將重傷的黑令安置在地，對方衣上的血污足以顯示出傷勢輕重。她眉宇蹙起，可速度不敢有分毫怠慢。狩妖士的確不比神使，無法依靠神力讓自身的傷口緩慢自癒，但也因爲如此，他們才會特地研發醫術相關術法。

即便無法使傷口癒合，但只要持續穩定地幫忙輸送靈力，亦能止血及穩住傷勢。

楊百罌屈膝跪立，伸手懸置在黑令身上，掌心浮現點點白光。

黑令從頭到尾都很安靜，也沒有喊過一聲痛。如果不是他臉色蒼白，上衣被鮮血浸濕，只怕也不會有人想到他是傷患。

除了嚇人的血跡，就屬黑令頭上的指印最引人怵目。

但黑令像是不在意這些傷，他淺灰的眼瞳甚至染有一絲破天荒的茫然。

「我好像……做錯了？」黑令慢慢發出聲音，彷彿在與楊百嬰進行對話。

楊百嬰一愣。她的性格上也有著缺陷，可是比起黑令，仍是比對方更懂得常識和事理。

因此她美眸一厲，不客氣地喝斥道：「閉嘴！柯維安沒錯的話，那麼就必定是你錯了！」

黑令沒再說話，只是宛若有些疲憊地闔上眼睛。

另一邊，符芍音在柯維安身上畫下多道血符。金與紅互相牽引，暫時彌補了金字空白的部分。

柯維安的半邊身體像是輪廓模糊，緊接著完好的皮膚包裹住那森森白骨。

只不過這麼個短暫時間，卻同時讓柯維安和符芍音汗淋漓，像是丟進水裡再撈出來一樣。

確認自己的血填補進金字後，符芍音便脫力地往後跌。

「符邵音！」守在一邊的一刻一個箭步衝上，及時接住那具嬌小身子。

柯維安呆住，他慢慢地放下遮臉的手，以不敢置信的眼神望著白髮小女孩。

符芍音沒有推開一刻，她咳笑，鮮紅的眸子冷冰冰的，可裡頭又好似滲著柔軟，「我借了芍音的身體。她是我的孫女，她的血和我一脈，也能擋一會。」

柯維安張著嘴像是想說話，而他的臉上、眼中都還殘留著方才的絕望和無助。

那模樣，就像走失的迷路孩童。

一刻想問是怎麼回事，他還記得先前震撼人的景象，可柯維安此刻的神態竟是他從沒見過的。

一時間，一刻反倒組織不出言語。

「怎麼回事？」冷冷出聲的反倒是灰幻。他消解了堵在牆邊的龐大石獸，語調冷硬，也未見絲毫慌亂，就像柯維安方才的駭人外表並不足以影響他。

又或者是……這不是灰幻第一次見到。

一刻頓時想通另一個關鍵點，他猛地轉向灰幻，「你知道柯維安是怎麼回事？」

「我是公會的人，我知道他是什麼，但不知緣由。」灰幻僅用一句話解釋。

一刻望向柯維安，紅與金在對方的身上怵目驚心，簡直像是某種封印。

這就是……柯維安不願說出的祕密嗎？

「這到底是怎麼回事……」一刻最後還是茫然地問了。

回應的是清脆的咯笑聲。

「嘻嘻、呵呵。」

「唉啊。」

「你們還不知道嗎？」

這聲音讓失魂落魄的柯維安猛然一震，寒意衝上腦門，令他頸後發涼。

那是符廊香，那居然是符廊香的聲音！

灰幻也發覺聲音的源頭，他眼一沉，牆邊碎沙立刻捲成長鞭，抽走沉重的枝型吊燈。

假使是一般人，被那吊燈一砸，也要血肉模糊。

可是，沒有。

躺在地板上的紅茶髮色少女一滴血也沒流，她的身體呈現奇怪的扭曲角度，心口處還貫穿了一個大洞，但身上就是任何血跡也沒有。

「兵武，現！妳是什麼東西？」符芍音握緊乍現的斬馬刀，嚴峻森冷地逼問，「我可不知道符登陽招待的小丫頭，竟然不是人！」

「噗哈……」符廊香發出笑，像是魚類吐出氣泡，「我不是說過了嗎？在棲離山的時候，我說了呀。鬼要回來找符，鬼要回來找鬼。符有人去找了，所以剩下的鬼，就是我們找啦。」

「聽妳放屁！」一刻大罵，「這裡除了你們這群混帳，哪有……」

「小白！」柯維安的尖喊就像是在阻止一刻追問。

符廊香卻是笑了，如同捧腹大笑般蜷縮起扭曲的身體，「噗哈哈哈！別逗我大笑，我身子很痛啊……你問我哪裡還有鬼？那我也要問，爲什麼維安哥哥聞得到鬼的氣味呢？那是因爲啊……」

符廊香竊笑著，像透露不爲人知的小祕密。

「因爲維安哥哥他，也是鬼呀。」

「我來說一個故事，看在你們陪我玩的份上。」

彷彿沒發現降臨在大廳的恐怖死寂，符廊香彎了彎一截指頭，就像是專心地測試自己的身體還能不能動彈，一邊分點心思，含含糊糊地低語。

「二十年前，符家有個人，那人聰明絕頂，對符咒術法一學就上手，但天生靈力不足。然後那人就想，這樣不夠啊，要是製造出更強大的武器，就可以彌補自己的缺陷了。那人最後決定進行實驗，實驗看看，如果把本來就擁有力量的靈魂，塞入一個本身也擁有力量的容器裡，會創造出什麼呢？」

符廊香的聲音不大，可是在針落可聞的安靜大廳中，卻是清晰得讓每一個人都能聽見。

越聽，一刻越覺得自己背後發冷。

許多事都對起來了，就像是齒輪找到適當的位置，一個個自行卡進去。

符廊香還在說著所謂的「故事」。

爲了想知道結果，「符」悄悄弄來十三名沒有戶籍的五、六歲孩童。這些小孩本身皆擁有不低的靈力，若是好好培養，假以時日也能成爲優秀的狩妖士。

可是「符」沒有這麼做，而是欺騙他們，讓他們誤信自己會有美好的家庭，他們會有爸爸、媽媽、哥哥、姊姊、弟弟、妹妹。

可是他們沒有，他們沒有得到。

他們被殘忍地傷害。

「符」將奄奄一息的小孩埋進土裡，只留頭部在外，再畫上召靈的陣法，對他們痛下殺手，給予最後一擊。

被陣法召來的靈，被強制地塞入那些屍體內。

按照「符」的計畫，只要能成功融合，就能獲得強大的鬼偶。

「以外界的鬼爲魂，屍爲偶身。」符廊香又竊竊地笑了，「而陣法挑選的靈，當然有限制。」

「殺人者。」

「縱火者。」

「姦淫擄掠者。」

「必須是凶靈方能入陣，只可惜實驗沒有想像中順利，排斥反應讓一個失敗了、兩個失敗了、三個失敗了……第十二個也失敗了。但是第十三個，最後一個成功了。可是就在緊要關頭，有人闖入，有人破壞陣法。」

「破壞的人有三個，他們讓一切功虧一簣。」有誰接著說，卻不屬於大廳內的任何一人。聲音是從外頭傳來的。

穿著正式的符登陽雙手橫抱著一具瘦弱的身軀，他溫厚地微笑，嘴角兩側拉出一個恰到好處的弧度。

他就像一刻他們當初見到時一樣，親切客氣地微笑著。

只是這名看起來比實際年齡年輕的中年男人，他的微笑在此時反倒令人毛骨悚然。

而他的臂彎裡，抱著的赫然是符邵音的軀體。

但眞正駭人的，是那身軀心口處，竟盛綻著一朵青色妖花，周圍是桃紅色的荊棘交繞。

隨著符登陽旁若無人地踏進別館大廳，藉著燈光，所有人都能更清楚地看見，花和荊棘都源自符邵音身上。其中顏色深一分便像吸收飽滿血液的荊棘，在貼近符邵音皮膚時化爲花紋，一路來到緊閉的右眼下方。

「那是……什麼……」楊百罌微白著臉，費力地擠出聲音。

符登陽站定，沒有再前進一步，只是柔聲地把「故事」繼續說下去。

「符邵音、剛好路過作客的文昌帝君和六尾妖狐，他們破壞一切、抹消一切，但唯獨把第十三個孩子留下來。因爲原來的靈魂太過弱小，被他們的力量餘波呑噬，外來的靈魂則已和那具身體半融合。」

「於是如同爲了贖罪，他們三人，或者說一人、一神、一妖，合力讓外來靈魂留下，再由文昌帝君施加禁制上去，符邵音的血作爲協助，固定靈魂，並且阻止那具身體負荷不住地崩潰，畢竟那終究是凶靈與屍體製成的鬼偶。然而每逢七月，陰氣、鬼氣最盛之際，禁制就會減弱。」

頓了頓，符登陽好脾氣地笑著說：「我猜你們應該知道實驗是誰做的？當然不是符邵音，是符登陽呢。」

這名中年男人用著像在稱呼他人語氣般說出自己的名字，接著他又說：「至於第十三個孩子，唯一成功留下的鬼偶，我猜也不須多介紹了。你們不是看過符登陽的手札，還找出那個名字了嗎？你們找出了……維安，殺人者。」

柯維安瞬間如遭雷擊，臉上血色盡褪，就連嘴唇也變得蒼白。襯著身上的金字、紅紋，還有乾涸而暗紅的血污，看起來既淒慘又茫然。

「住嘴！」厲聲大叫的人是符芍音，那具嬌小身子躍起，一雙紅眸竟像護崽的狼一樣狠絕。她手持斬馬刀，刀尖直指符登陽，「維安和二十年前的舊事毫無關係！他是因我施術意外，才誤入人身！他也非是殺人者，他只是爲了保護他的弟妹！」

「妳就是這樣告訴維安的？抹消了他當時的那段記憶，告訴他一段捏造的記憶，讓他眞以爲他只是一場意外下的產物？就像妳當初一併抹去了符登陽關於那場實驗的所有記憶，然後將之逐出家門一樣？」符登陽的語氣就像和顏悅色地在對著重要的人說話。

可是所有人，包括符芍音在內，都發現了不對勁的地方。

那名中年男人，眞的是將「符登陽」視爲另一個人般稱呼著。

符芍音眼瞳收縮，持刀的手指竟出現剎那的顫抖。

「妳一定在想，爲什麼我還會記得？妳分明用了術法……妳到現在還認爲那只是一項因爲符咒生成的術法嗎？」符登陽將懷中的瘦弱身軀放下，一隻眼瞳裡無預警暈染出淺淡幽藍。

很快地，那藍就佔據了他整隻左眼，呑噬掉眼珠、眼白的界限。

一刻等人心下悚然，他們記得那隻眼睛。

詭譎青煙中，由煙氣凝出的人形正是露出純粹幽藍的眼，呢喃地說：

「要不換你們來找我吧？到那個你們該知道的地方……」

「到符家，來找我。」符登陽輕柔地說。

那明明就是截然不同的兩道嗓音，可在這瞬間，卻在一刻他們腦海中分毫不差地疊合了。

「這具身體比我想像的有趣得多，透過他的記憶、知識，我也造了一具鬼偶，只是軀殼就差了一些，只是木頭做的，但也省了要費力固定靈魂的工夫。」

符登陽忽地蹲下身子，手指在符邵音身上的青色花瓣上流連。

「爲了作個紀念，紀念當初成功的第一個鬼偶，我給她弄了張相似的臉。好了，廊香，告訴妳的維安哥哥，爲什麼他的歲數會和時間有落差呢？」

「因爲啊……」符廊香細細笑起，那張和柯維安相似的臉孔浮現歡快的笑容，「因爲在眞正從鬼成爲人的過程中，身體是不會長的……屍體又怎麼會成長呢？」

符廊香的笑聲驀地拔得高尖，就在同一瞬間，攢在她手心的青色絲線像活物般疾射出去，那些散落在四處、不被人注意的稻草，居然滲湧出細細黑煙。

黑煙眨眼沿著青絲衝入符廊香的體內。

下一剎那，像尊破布娃娃的紅茶髮色少女倏然暴起，她的手臂如海葵分裂成數股觸手。

「怨之鬼、仇之魂，二十年來的仇恨怎麼可能輕易就被打散？更不用說，維安哥哥你的神使力量在減弱啊。已經回想起『符』所作所爲的它們，怎麼會敗於你這軟弱的力量之下？」

符廊香冷不防放聲長嘯，嘴中同時有數道尖厲的童音一併吶喊、悲鳴、嘶吼。

啊啊——

震耳欲聾的音波中，符廊香的手臂也猛地大張，那些旋轉出奇形怪狀的觸手，瞬時衝向了昏迷的蘇染、蘇冉，還有黑令，以及楊百罌。

與此同時，她的另一隻手臂也變了形狀，重重往地面轟砸下去。

而符登陽就在這一瞬間，大力拽扯下符邵音身上的青色妖花。

符芍音欲奔出的身體頓地一震，緊接著就像失去動力的人偶，往下摔落。

別館大廳宛如掀起一陣天搖地動，地面如同波浪起伏，天花板龜裂出無數條粗大裂縫，隨後支撐不住重量、崩塌垮下。

「符邵音！」

「蘇染、蘇冉！」

「班代、黑令！」

心急的叫喊此起彼落地響著。

顧不得自己曾以爲的眞相坍塌，也顧不得身上的禁制搖搖欲墜，柯維安踉蹌爬起，抱起符芍音，隨即又被一刻一把抓住，拽著他直衝向另一方的同伴。

但兩人的速度還是沒有灰幻快。

灰髮的特援部部長粗暴地將他們一腳踹至楊百罌等人身邊，旋即身子一蹲，雙手大力往地面一拍。

數也數不清的灰色結晶驟然平空衝起，像是狂風般席捲包含灰幻在內所有人，將他們團團包圍住。

待大廳裡震動平息，灰色結晶也吐出所有人。只是一群人在裡面的空間被震得頭昏眼花，錯失了反應的時間。

等到灰幻撤去結晶，這才驚覺大廳裡壓根沒有遭受到那麼大的破壞，一切依舊和震晃前無異。

除了在他們頭頂上重重交纏的青絲。

青色絲線像座大牢般把他們全關在裡面，就連地面也滿是絲線，如萬蛇攢動，像是隨時會繞纏至他們身上。

原來符廊香做的，竟是製造出一場難辨眞假的幻覺，讓他們落入陷阱。

「噗哈！維安哥哥，你們被我騙到了嗎？」符廊香蹲踞在符登陽身畔，一隻眼睛竟也像符登陽一樣，染成詭譎的幽藍色。她一手恢復原狀，一手仍是如異形生物，她瞇起大大的眼睛，露出和柯維安有幾分相似的笑臉，「我怎麼有那麼大的力量？我的心口，可是被那個可惡的狩妖士……」

符廊香的天眞轉爲猙獰。

「開洞了啊！還好有那七個童靈能吸收。」

柯維安臉色蒼白，心臟狂跳，他看著被自己死命抓著的符芍音。

體內是符家家主的白髮小女孩似乎暈了過去，但整體像沒事，其他人也一樣。

楊百罌一聲不吭地繼續爲黑令穩住傷勢，黑令的淺灰眼睛盯著柯維安，嘴巴像是動了下。

柯維安不確定對方說了什麼，但他知道自己該說什麼。

「……抱歉。」

「柯維安？」一刻看向倏地出聲的娃娃臉男孩。

「抱歉，小白，爲很多事。」柯維安飛快地說，他怕說得慢了，自己攢起的勇氣又要沒了，「要是我等等還是沒振作起來，或是又發神經，你就狠狠打我吧，我說眞的。」

「……白痴！」一刻一掌壓上柯維安腦袋，看似粗魯地揉揉他的髮，只給他這麼兩個字。

柯維安眼眶一熱，猛地重重拍上自己那張淒慘的臉。

管他什麼不願透露的祕密，管他什麼令人無法接受的眞相，現在最重要的，是同伴的安危！

柯維安眼裡終於又重新燃起光。

可就在下一瞬，在眾人身下盤踞的青絲竟猝不及防地竄出數條，綁上符芍音的身子，迅速往青色籠外丟出。

「符邵音！」

「情絲！妳該死的想對她……」

憤怒的質問被眼前的景象生生掐斷。

一刻等人看見符登陽手捧著那朵妖冶青花，一步步向符芍音走去。隨著他的走動，有另一層朦朧的影子似乎也逐漸從他身上剝離出來。

當屬於符登陽的身子僵直倒地，連胸口的起伏也消失，走至符芍音面前的人影，也從模糊成了實體。

細密的青色髮絲垂散至地面，像是深青的漣漪包圍。嬌媚的面容上白得透出一股子妖異，蒼白的繃帶鬆垮地遮覆住右眼，獨自暴露在外的左眼一片幽藍。

女子彎起唇角，薄薄的紅唇溢出的是滲著隱隱瘋狂的笑意。

不再是煙氣，這是一刻等人第一次眞正見到情絲。

四大妖的——情絲。

「噓，別大聲嚷嚷，否則我眞不知道我會做出什麼事。」情絲嗓音輕柔，眉眼染著笑，看似柔軟又透著冷酷。

她垂散地面的髮絲突地有幾縷像活物動起，將符芍音的身子提吊起來，使之雙腳懸空。

誰也不知道情絲想做什麼。

然後，一陣手機鈴聲無預警大響。

手機就躺在牢籠邊，可是眾人就像被釘住動作。他們不曉得自己一動，會爲那名白髮小女孩帶來什麼危險。

「廊香，拿給他們接，我們一起聽聽看，有什麼有趣的。」

「好呢！」符廊香變異的手臂一動，手機即刻被拋進青牢裡。

認出是自己手機的柯維安下意識欲接，卻被灰幻驟然奪過。掃了眼上面的名字，灰幻按下接聽，暴喝出聲，「安萬里！你天殺的最好有重要的事！」彷彿挑釁一般，灰幻陰冷地厲視情絲，按下了擴音。

「我有好消息和壞消息。」

安萬里的聲音響起，他當然不會知道這邊眼下的情況，可是他的說話速度急促。

「好消息是我和帝君他們正分頭趕來。壞消息是『唯一』的封印不單是情絲一族看守，事實上，封印就在歷任族長身上。那份封印可以說是活的，會轉移到最強的情絲族人、也就是族長體內。而這一任族長，是雙生女。」

柯維安心底像有鐵塊沉下，他忽然發現自己忽略了什麼，那些明明是再明顯不過的線索。

符邵音在二十年前用術法抹去了自己當時的記憶，讓自己對時間產生誤差；符邵音還抹去符登陽和那十二名亡靈的記憶，但是……

「你知道嗎？除了特殊原因，情絲抹去的記憶，只有情絲能恢復。不是竄改，是抹滅，是忘卻。」

「不過我可以告訴你，體內被埋有情絲碎片的人，會和這些絲線……產生共鳴！」

那些童靈的體內有碎片，自己產生了共鳴；情絲將符登陽失去的記憶恢復，創造了符廊香……

柯維安幾乎忍不住想打顫。

安萬里的話聲仍透過手機繼續。

「封印被分爲兩半，一半在情絲身上，一半在傾絲身上，雙生女的名字便是情絲與傾絲。只是後者早已行蹤不明二十多年，前者近年來也離開族裡。灰幻，你還記得那隻藍眼嗎？不是懷疑，是肯定了，情絲確實是被『唯一』污——」

一根青色絲線刺穿了手機。

情絲的藍眸還是幽幽，像不在意青牢裡的神使、妖怪、狩妖士，潔白的手指撫上符芍音的臉。

「妳做得可真徹底，爲了對一個人類朋友的承諾。妳代替她而活，代替她守護這個家族。妳爲了一個死人抹消許多東西，還反過來狩獵我們妖怪，讓一個妖怪和一個神以爲妳是狩妖士。情絲一族可以讓人忘卻記憶，忘卻情感，忘記自己。妳看看妳……」

情絲眉眼溫柔似水，指尖從符芍音的臉頰下滑，然後猛地掐緊符芍音的頸子。

「妳看看妳究竟做了什麼好事啊！姊姊！」

驀然轉成怨毒的厲喊中，情絲一手揑碎了青色花朵，隨即那還夾揉著花瓣的手猝然探進符芍音體內，從中竟抓住大把青色煙氣。

煙氣轉瞬凝成人形，狼狽不已地摔跌在地，深青色的鬈曲髮絲披散，就像深青色河流。一張蒼白妖媚的臉和情絲的容貌宛如同個模子印出，唯一差異只在於一雙桃紅色眼瞳。

曾經忘卻的記憶回歸，傾絲想起了自己的承諾。

我答應妳，我答應妳……邵音，我一定會……

一定會為妳守護這個家。

對二十年前已死去的，符邵音的承諾！

〈情絲與鳴火〉完

後記

終於～

柯維安的身世之謎在本集終於交代出來了！（給自己撒個花慶祝一下）當然還有些比較細節的部分，則會在《神使11》裡一一解釋的。

雖然柯維安的身分揭曉，不過兩位「情絲」間的戰爭才正要開始，所以戰鬥場面什麼的，咳咳咳，也一樣是收在下集裡面了。

情絲眞是大美人有沒有～～雖然傾絲沒有登上封面，不過兩姊妹長得一模一樣，大家只要把直髮改成鬈髮就沒問題了XD

這回除了情絲正式露臉外，還多加了一位新角色，就是看起來天眞爛漫的符廊香。因爲向夜風大提了關於符廊香有幾分像柯維安的要求，收到圖的時候小花瞬間開滿天，眞的是維安的性轉版，好可愛！

雖然符廊香的眞正性子不太天眞爛漫……不過自己還是很喜歡這個角色的。忽然發現我好像對反派角都比較情有獨鍾，像《織女》中的怠墮、引路人，到《神使》裡的情絲和符廊香。

在寫第十集的時候，每天都在努力地算時間、算進度。因爲截稿日的後天就要飛去日本了，絕對不能拖到進度，幸好順利地交出稿子。

寫這篇後記時，人已經從日本玩回來了。五天四夜的京都大阪行眞的太美好，看了好多神社和楓葉，還吃了好多的美食，而且還去了環球影城！眞心地推薦哈利波特區和蜘蛛人區都不能錯過，還有大白鯊區也很好玩……怎麼好像變成旅遊介紹了XD

回來正題～

下一集，除了兩位「情絲」的對戰外，帝君和安萬里也要趕來了，究竟還會發生什麼事？

照慣例的——

情絲的怨、傾絲的願、無法消弭的對立！

我們下集見了～

啊，雙子也會從昏迷中醒來的，所以不用擔心沒有他們的戲分唷。

醉琉璃

神使繪卷の小劇場！

楊百罌

小白，這、這是我多做的便當，你就幫我解決掉吧，反正我不小心也剛好放了你會喜歡的配菜。

柯維安

喔喔喔！美少女做的便當！小白，班代做了什麼給你？

小白

我哪知？她塞給我後人就跑了……我看一下……

柯維安

呃……這就某種意義上，的確是你會喜歡的東西。但是作為配菜……滿滿的小熊軟糖加白飯……那個，小白你要怎麼辦？

小白

什麼怎麼辦？就分開吃掉，好歹是人家做的。

柯維安

唔喔！太有男子氣概了，小白！

神使繪卷
The Story of GOD's Agents

【下集預告】

神使繪卷 11

The Story of GOD's Agents

搖搖欲墜的金字鎖鍊，
即將破除的四分之一封印，
文昌帝君、守鑰之人，
是否能即時趕到救援？

面對唯有「鳴火」能消滅的深青絲線，
一刻等人又該如何面對？

卷十一 · 半與伴

2月國際書展，火熱推出！

國家圖書館出版品預行編目資料

神使繪卷. 卷十 / 醉琉璃 著.
——初版. ——台北市：魔豆文化出版：蓋亞文化
發行，2015.01
冊； 公分.（Fresh；FS077）
ISBN 978-986-5987-58-9
857.7 102019923

fresh FS077

神使繪卷 10

作者 / 醉琉璃
插畫 / 夜風　封面設計 / 克里斯
出版社 / 魔豆文化有限公司
地址◎ 台北市103赤峰街41巷7號1樓
電話◎（02）25585438　傳真◎（02）25585439
網址◎ www.gaeabooks.com.tw
部落格◎ gaeabooks.pixnet.net/blog
電子信箱◎ gaea@gaeabooks.com.tw
投稿信箱◎ editor@gaeabooks.com.tw
郵撥帳號◎ 19769541　戶名：蓋亞文化有限公司
發行 / 蓋亞文化有限公司
法律顧問 / 義正國際法律事務所
總經銷 / 聯合發行股份有限公司
地址◎ 新北市新店區寶橋路二三五巷六弄六號二樓
電話◎（02）29178022　傳真◎（02）29156275
港澳地區 / 一代匯集
地址◎ 九龍旺角塘尾道64號龍駒企業大廈10樓B&D室
電話◎（852）2783-8102　傳真◎（852）2396-0050
初版一刷 / 2015年1月
定價 / 新台幣 220 元
Printed in Taiwan

ISBN / 978-986-5987-58-9

魔豆

魔豆